Liv

Préface de Jacques Pradel

Ils sont passés à l'acte

13 affaires criminelles vues de l'intérieur

LAROUSSE

Direction de la publication : Isabelle Jeuge-Maynart et Ghislaine Stora
Direction éditoriale : Élodie Bourdon
Édition : Mélissa Lagrange
Conception de la couverture : Marion Alfano
Conception de la maquette intérieure et mise en pages : Nord Compo
Préparation de copie : Muriel Villebrun
Relecture : Julie Mège
Fabrication : Nicolas Jover

ISBN : 978-2-03-600854-0

Avertissement

Ce livre est inspiré d'affaires criminelles.

Il combine un travail journalistique et le langage de la fiction.

La narration à la première personne, les scènes de vie privée, les émotions et les sentiments prêtés aux personnages sont imaginés par l'auteure et ne peuvent en aucun cas être attribués aux protagonistes des affaires ni à leurs proches.

Préface

Au commencement était le crime. Depuis la nuit des temps, on tue. À toutes les époques, sur tous les continents, des hommes, des femmes, et même parfois des enfants, imaginent les plus incroyables scénarios pour détruire la vie de victimes innocentes. La palette des passions humaines est toujours la même : le dépit amoureux, la jalousie, la colère, la vengeance, l'appât du gain ou du pouvoir, le sexe, la folie… Notre Histoire constitue ainsi un véritable musée des horreurs, dominé par le grand mystère du passage à l'acte. Qu'est-ce qui pousse des gens ordinaires, des gens qui nous ressemblent, dans lesquels chacun peut reconnaître un père, une mère, un voisin ou un collègue de travail, à franchir cette ligne jaune qui sépare, en temps normal, l'ordinaire de l'« extraordinaire » ?

Nous avons tous eu un jour ou l'autre un désir homicide. Mais en général, nous refoulons bien vite cette pulsion macabre qui demeure à l'état de chimère. Alors, pourquoi certains passent-ils à l'acte et d'autres non ? Qui peut répondre à cette question ? L'assassin lui-même ? L'un des experts psychiatres les plus renommés en France, le docteur Daniel Zagury, habitué des cours d'assises, qui a rencontré la plupart des grands criminels de notre époque, explique que la question du « pourquoi » reste un éternel fantasme. L'auteur des faits, le mieux placé pour y répondre, croit-on, n'y répondra jamais ! Soit parce que son discernement a été aboli ou altéré au moment de l'acte, soit parce qu'il ne lui est pas possible psychiquement de se confronter à l'horreur des faits. Daniel Zagury nous donne cependant une piste à suivre : celle du « comment ». Dans quelles circonstances, à la suite de quels évènements le meurtre s'est-il déroulé ? Quel rapport avec l'histoire intime ou familiale de l'auteur ? L'enquête, l'instruction, le décryptage de la scène de crime et le procès peuvent apporter des réponses concrètes à ces interrogations. Et c'est en comprenant mieux le « comment » qu'on peut commencer à imaginer le « pourquoi » !

L'engouement, la fascination-répulsion pour le crime est une autre question impossible… On aime à se faire peur ! Ou on se rassure comme on peut… Et on se dit qu'au moins, cela ne nous est pas arrivé ! L'horreur des faits joue évidemment un rôle bien difficile à décrypter. Et puis il y a aussi – pourquoi ne pas l'avouer (et l'assumer) ? – l'attraction pour le côté « polar », les coulisses et les méandres de l'enquête, tout ce qui a permis à la justice de confondre le criminel. D'autant plus que nous ne sommes pas face à une fiction, mais face à une histoire vraie – ce que les Anglo-Saxons nomment un *true crime* !

Pour toutes ces raisons, le livre que vous avez entre les mains m'a immédiatement passionné. Liv répond, à sa manière, à notre curiosité légitime, en mettant en scène l'assassin ou sa victime, ou parfois même, un témoin occasionnel. Pour elle, il n'y a pas de monstres ou de personnages diaboliques, juste des humains, et cela vaut autant pour les criminels que pour leurs proies : des victimes, innocentes ou pas, dont le destin a basculé parce qu'elles se sont trouvées à la mauvaise heure, au mauvais endroit !

Les créatures qu'elle incarne d'un récit à l'autre ressemblent à des personnages de contes de fées maléfiques. Des histoires à la Ambrose Bierce, où tout se termine toujours comme dans la vraie vie, c'est-à-dire très mal !

Liv est une conteuse de notre époque dominée par le son et par l'image ! Pas besoin d'être journaliste, chroniqueuse judiciaire ou habituée des gendarmeries et des commissariats pour raconter un fait divers. Truman Capote, célèbre icône de la littérature américaine, a montré la voie à la fin des années 1960. Publié par le New York Times, le récit du quadruple meurtre d'une famille de fermiers dans le Kansas le passionne au point de rencontrer leurs auteurs en prison, et d'imaginer ensuite, à travers leur histoire réelle ou fantasmée, les mobiles d'un crime qui fascine l'Amérique. Le souvenir de *De sang-froid*, premier roman de non-fiction, m'a accompagné tout au long des histoires que raconte Liv avec talent.

À vous de juger !

Jacques Pradel

Introduction

Mon métier de youtubeuse m'oblige à me pencher chaque semaine sur une nouvelle affaire criminelle. De nouvelles victimes, de nouveaux meurtriers, et toujours plus de perversion et de barbarie.

S'il est en théorie facile de comprendre pourquoi certaines personnes tuent, violent, séquestrent, c'est plus compliqué de l'expliquer d'un point de vue moral. J'aimerais dire que la cruauté humaine n'a plus de secret pour moi, mais ce serait faux. La cruauté humaine est semble-t-il sans limites.

Ce livre est le fruit d'une réflexion profonde. Il est parti d'une simple question : pourquoi certaines personnes tuent d'autres personnes ?

Nombreux sont ceux qui utilisent le mot « monstre » pour qualifier des tueurs en série, niant totalement leur humanité. En me mettant dans la peau de criminels, je souhaitais fournir une expérience psychologique au lecteur : lui montrer que la réflexion et la planification ne font pas toujours partie de l'équation ; que certaines personnes tuent pour le plaisir ; que notre morale sociétale n'est pas une morale universelle. En me mettant dans la peau des victimes, j'ai souhaité les incarner, leur prêter vie, leur donner voix au chapitre. On serait parfois tenté d'oublier que les victimes de Ted Bundy ou d'Albert Fish avaient une vie, des amis, qu'ils aimaient les pâtes à la napolitaine avec du Tabasco. C'est peut-être plus simple d'ignorer ces détails qui les rapprochent de nous et nous rendent donc plus vulnérables.

Dans mon métier, j'ai remarqué une tendance : plus c'est étrange, plus c'est sanglant, plus ça attire les gens. La curiosité morbide est assumée, les crimes deviennent des feuilletons. Ce nouveau mode de consommation des affaires judiciaires nie une réalité : derrière chaque meurtre, il y a avant tout des êtres humains. C'est pourquoi je ne voulais pas me contenter d'énoncer les faits ou de reprendre le point de vue des médias. J'ai utilisé la fiction afin de créer ces petits détails qui ancrent les victimes et leurs meurtriers dans notre réalité, et j'ai classé les affaires de la plus ancienne à la plus récente pour remonter le temps jusqu'à nous. J'espère que ce livre vous permettra d'appréhender ces affaires sous un nouvel angle, plus intime, plus quotidien, plus familier.

Bonne lecture !

Le Vampire de Brooklyn

Le cas Albert Fish

Manhattan, New York City (États-Unis), 28 mai 1928. La maison de la famille Budd, dans une rue pauvre de la ville en pleine expansion, par une fin de matinée printanière…

« Toc toc. » Les coups à la porte signifiaient que l'invité de marque qu'attendaient les Budd était enfin arrivé.

« Toc toc » insista l'invité. Il se tenait droit comme un piquet derrière la porte, portant ses plus beaux vêtements. Enfin, ce n'était pas ses plus beaux vêtements, simplement ceux qui feraient la meilleure impression auprès de cette petite famille. Il perçut une forme d'agitation à l'intérieur de la maison. Tendant l'oreille impoliment, il entendit Albert et Delia donner leurs dernières recommandations à leurs trois plus jeunes enfants. Il fallait qu'ils soient sages, se montrent sympathiques, se taisent quand on ne les invitait pas à parler. En somme, ils devaient jouer le rôle des meubles en bougeant juste assez pour qu'on sache qu'ils étaient vivants. C'était peut-être une chance pour Edward, leur fils aîné qui venait d'avoir 18 ans, et un peu plus d'argent dans leurs poches à la fin de chaque mois, il fallait qu'il les apprécie.

Après s'être assuré que les enfants étaient sagement assis dans une posture travaillée, mais qui se voulait naturelle, le couple se précipita vers la porte d'entrée. Il était bien là, grand et élancé, loin du personnage qu'ils imaginaient.

— Excusez-nous ! Nous étions un peu… tourmentés ! dit Albert. Il invita l'inconnu à pénétrer dans le cocon familial d'un geste de la main.

L'appartement était propre et bien rangé, les enfants eux aussi étaient propres et bien rangés. L'homme en voyait trois, tous plus jolis les uns que les autres. Ils avaient un sourire crispé sur leur visage, si bien que leurs joues semblaient douloureuses. « De bonnes joues de bébé » pensa l'invité heureux.

— Je vous en prie, asseyez-vous ! proposa Delia en poussant dans sa direction un fauteuil, certainement le plus confortable de la maisonnée.

Ensuite, d'un geste de la main, elle congédia ses plus jeunes garçons qui commençaient à se battre. Elle n'était pas elle-même, elle jouait une sorte de comédie en espérant être aimée… le malaise était palpable.

L'homme avait vu cette annonce dans les journaux qui disait : « Jeune homme de 18 ans, souhaite position à la campagne. Edward Budd, 406 West 15e rue. » Et il s'était présenté à l'adresse indiquée, non sans avoir contacté la famille par lettre au préalable :

« Monsieur,

Je me présente : Frank Howard. Simple fermier de Farmingdale dans l'état de New York, je vis seul depuis le départ de mes fils. J'aurais besoin d'une main-d'œuvre vigoureuse et volontaire, il me semble que vous pourriez correspondre au profil. »

Edward avait sauté de joie en recevant ce courrier. Il n'avait ni les moyens ni l'envie de faire des études et avait toujours aimé le travail manuel. Naître en ville ne lui avait pas enlevé le goût de la terre, il espérait pouvoir couler des jours heureux dans un petit coin de paradis loin de ses parents.

Ce n'était pas comme ça que « Frank » avait imaginé Edward. En tant que fermier, il avait besoin d'un garçon costaud et il fut surpris en voyant apparaître un garçon chétif dans le salon. Néanmoins, il fallait faire bonne figure. Edward, en devinant le malaise, lui affirma qu'il apprenait vite et qu'avec la nourriture grasse de la campagne, il gagnerait un plus fort gabarit en un rien de temps. Qu'il était drôle de voir cet enfant à lunettes essayer de se défendre. Que c'était drôle aussi de jouer le rôle du recruteur sceptique alors qu'il n'en avait rien à faire.

Delia suggéra qu'ils continuent à discuter autour du déjeuner. Il est vrai qu'un bon déjeuner et peut-être un peu de vin aident toujours les hommes les moins commodes à se dévoiler. Le repas préparé par les soins de la mère de famille était délicieux. C'était un défilé de plats plus élaborés les uns que les autres. « Frank » pensait à toutes les heures qu'elle avait passé à préparer ce repas et à quel point elle s'en voudrait, bientôt.

Albert était un homme intelligent mais il parlait avec passion de son travail de bagagiste comme s'il n'aurait jamais pu faire mieux. Il aurait pu devenir riche, épouser une autre femme, avoir d'autres enfants. Il était là, emprisonné dans une frugalité qu'il pensait mériter, un spectacle qui faisait peine à voir. Cela importait peu à « Frank » de toute manière. Il préférait observer les bambins jouer dans la pièce d'à côté. La petite fille était jolie dans sa robe bleue, toute enveloppée de rubans comme un paquet cadeau.

— Les enfants ne mangent pas ? s'enquérit-il.

— Nous les avons fait déjeuner avant votre arrivée, avoua Delia honteuse.

— Ce n'est rien mais j'ai apporté ce pot de fraises à la crème et j'ai pensé que votre petite fille aimerait peut-être y goûter.

À ces mots, Grace se présenta dans l'embrasure de la porte, attendant qu'un regard de sa mère l'autorise à pénétrer dans le salon. C'était une petite brune qui devait avoir entre 10 et 12 ans, jolie et calme. Elle avait de beaux mollets lisses et roses comme ceux d'un bébé. Naturellement, l'invité la fit glisser sur ses genoux où elle se sentit immédiatement à son aise. Presque toute seule, elle dévora le pot entier de fraises. Elle était mignonne et assez charnue, contrairement à son gringalet de grand frère, il avait bien fait de se rendre sur place afin d'effectuer la sélection par lui-même.

Le repas s'étira en discussions auxquelles « Frank » prit part par simple politesse, ce que personne n'aurait su deviner, tant il savait feindre l'enthousiasme. Tout de même, c'était des gens sympathiques, des pauvres bougres comme il en existait partout à New York, qui survivaient au lieu de vivre. Seul Edward semblait étranger à l'effervescence collective. Il observait l'invité, fasciné ou craintif, oubliant presque de manger. De toute manière, l'embauche avait été conclue et Delia en était certaine : c'était grâce à son oie farcie.

Aux alentours de 13 heures, « Frank » se leva précipitamment les yeux rivés sur sa montre. La comédie avait assez duré.

— Il me faut malheureusement prendre congé, déclara-t-il. Je dois me rendre à l'anniversaire de ma petite nièce Amélia qui a certainement le même âge que votre Grace…

— Oh ! s'exclama Delia.

— Oui, et ses parents organisent toujours des réceptions grandioses. Ils commandent tant de bonbons et de gâteaux délicieux que je frôle l'indigestion à chaque fois !

— Oh ! s'exclama Grace.

« Frank » s'arrêta brusquement en ménageant une pause qui donna l'impression qu'il réfléchissait profondément.

Il avait préparé cette phrase dans sa tête, il avait pensé au meilleur moyen de l'exprimer de manière naturelle.

— C'est une proposition un peu étrange mais je pourrais peut-être y aller avec Grace… Si vous me l'autorisez, bien sûr !

Delia consulta Albert d'un bref regard – si cela pouvait garantir un emploi stable à Edward, il fallait accepter. Bien sûr, ils n'y voyaient pas d'inconvénient, il pouvait emmener Grace. Une seule personne s'opposa à cette décision.

— Elle n'ira pas, dit Edward l'air véritablement contrarié.

Surpris, Albert et Delia haussèrent les sourcils. Ce n'était pas tous les jours que leur gringalet de fils haussait le ton.

— Hors de question que tu y ailles sans me ramener une part de gâteau !, continua le gamin en attrapant sa sœur par les épaules.

Delia éclata de rire, suivie de son mari. « Idiot » pensa l'invité. Il avait failli l'avoir…

*

« Quels parents stupides ! » pensa Albert Fish.

— Allez ma petite Grace, il faut marcher vite, sinon nous allons rater le train, dit-il en se penchant vers la petite fille.

Les dimanches étaient habituellement ennuyeux mais celui-ci serait certainement mémorable. L'enfant imaginait déjà les différentes variétés de gâteaux et de boissons qu'elle pourrait déguster.

Grace avait une confiance naïve en cet homme qu'elle envisageait déjà d'appeler « Tonton ». Elle ne faisait jamais rien de si excitant avec son père. Elle ne cessa de poser des questions sur le lieu où ils se rendaient. Elle s'imaginait une pièce aux plafonds hauts, certainement chez une famille riche... Pour son anniversaire, ses parents organisaient un petit repas, lui offraient un modeste cadeau, et c'était tout.

En examinant ce joli minois, Albert se réjouit d'un bonheur presque enfantin. Il avait déjà réfléchi à ce qu'il allait faire, à l'endroit où ils allaient se rendre. Dans le train qui les emmenait à Irvington, il tenta d'occuper la petite fille comme il le put. Il ne devait pas casser le personnage trop tôt où elle deviendrait incontrôlable.

— Sais-tu quelle est la meilleure des viandes, Grace ?

— J'aime bien le porc alors je dirais, hum... porc, répondit l'enfant.

— Mais la meilleure des viandes, ce n'est pas le porc, c'est les côtelettes de bébé, crois-moi !

Grace fit la grimace et Albert éclata de rire. Elle pensait certainement qu'il plaisantait.

— Quand tu en mangeras, tu m'en diras des nouvelles.

— Ça n'arrivera jamais, dit la petite fille espiègle.

Il ne faut jamais dire jamais.

Le trajet commençait à se faire long et Grace trépignait d'impatience, ils n'étaient plus loin de la maison maintenant. Il faudrait marcher jusqu'à un petit cottage abandonné. C'est là qu'auraient lieu la fête d'anniversaire et le feu d'artifice.

Ils devaient être touchants, marchant main dans la main comme père et fille.

— Quelle est ta pâtisserie préférée ? lança Albert pour alimenter la conversation.

Ils abandonnèrent le train fumant, les passagers se dispersant derrière eux. Grace se retourna une dernière fois pour constater la vacuité de l'endroit. C'était peut-être parce qu'on était dimanche qu'il y avait si peu de monde à cette station.

— J'aime toutes les pâtisseries ! dit l'enfant. Je préfère le sucré au salé.

— Intéressant… Donc tu n'aimeras pas les côtelettes de bébé.

Grace ne répondit pas, trop préoccupée par l'étrangeté de la phrase. Albert prenait ses aises, ce n'était pas grave si elle se rebellait maintenant, il pourrait juste l'assommer.

La vieille bicoque se rapprochait et avec elle l'agitation de la petite fille grandissait. Il devait maintenir fermement sa main pour qu'elle ne lui échappe pas mais elle ne semblait pas le craindre, lui, simplement la maison.

— Je sais, on dirait une maison hantée, n'est-ce pas ? C'est une fête à thème mais tu n'es pas très bien habillée pour l'occasion.

Ils marchaient lentement, laissant la maison révéler toute son austérité, pas après pas. Elle ressemblait à un château de sorcière, c'était certain ! On s'attendait à les voir bondir par la porte d'entrée à tout moment.

— Reste ici, je vais rentrer pour demander un costume à ta taille. Tu préfères les sorcières ou les fées ? demanda Albert.

— Comme tu veux, dit Grace résignée.

L'homme appuya sur la poignée grinçante puis sourit pour lui-même. La perspective de cette fin de journée lui était agréable. Il fit le tour des pièces, il faisait beau ces derniers temps et quelques gamins auraient pu venir troubler sa quiétude. Mais non, la maison était désespérément vide.

Grace s'était assise dans l'herbe pour cueillir des fleurs quand elle entendit « l'oncle Frank » crier son nom. Elle était quelque peu nerveuse de rencontrer d'autres enfants dans un contexte si inhabituel. Heureusement, elle connaissait au moins quelqu'un.

*

Le rez-de-chaussée était vide et sombre. La porte grinça en se refermant derrière elle :

— Tu peux monter à l'étage !

Pas de voix enfantine ni de musique. Le lieu était aussi calme à l'intérieur qu'à l'extérieur. Guidée par la voix familière, Grace arriva dans ce qui semblait avoir été une chambre. « Il y a quelque chose d'étrange ici » pensa-t-elle.

« L'oncle Frank » n'était visible nulle part, pourtant sa voix provenait bien de cette chambre. Oui, il était bien là, c'était sûr mais il semblait jouer à un jeu que lui seul comprenait.

— Je suis là mais je ne te vois pas ! dit Grace.

En entendant ces mots, « l'oncle Frank » s'extirpa du placard avec quelques difficultés, nu comme un ver. Le cœur de la petite fille manqua un battement. Elle réalisa soudain, douloureusement, que l'homme n'était pas la personne qu'il prétendait être et qu'il n'y avait jamais eu d'anniversaire à fêter.

— Viens, n'ai pas peur ! dit Albert, un sourire spectral sur les lèvres.

L'enfant se mit à pleurer et courut hors de sa portée jusqu'aux escaliers. Il fallait faire vite, elle gâcherait tout le plan si elle parvenait à s'échapper. Nu comme il l'était, il passerait certainement pour un fou dehors. Il n'avait d'autre choix que de la rattraper tant qu'elle était encore là.

L'opération fut moins difficile qu'il ne le pensait, il rejoignit la petite fille en quelques secondes et la plaqua au sol. Alors qu'il essayait de la déshabiller, elle se défendit à coups de pieds et de poings. À cet instant, Grace réalisa qu'une attitude, un regard, un sourire pouvaient changer un visage. Ce n'était plus « l'oncle Frank » au-dessus d'elle. C'était dans sa physionomie autant que dans sa voix. Peut-être était-il une sorte de sorcier ou de fou ? Peut-être avait-il été possédé ? Les personnes normales ne faisaient pas ce genre de choses. Alors qu'un nombre incalculable de pensées l'assaillaient, la petite fille ne cessait de se débattre, farouchement. Son instinct de survie l'avait métamorphosée en lionne mais Albert ne pouvait entendre que des miaulements. Elle n'avait pas les ongles assez longs pour lui entailler la peau ni assez de force pour lui faire véritablement mal mais elle n'abandonnait pas la lutte.

— Satanée gosse ! hurla Albert.

Il attrapa le cou délicat de l'enfant entre ses deux mains et se mit à serrer. L'emprise eut d'abord l'effet inverse de celui escompté. Paniquée, la petite fille se mit à lutter plus fort, agrippant les bras de l'oncle de ses petits ongles mous. Elle ne pouvait plus penser, elle était simplement mue par le besoin primaire de survivre. Aucun son ne quittait plus sa bouche, aucune goulée d'air ne pénétrait ses poumons. Sur chacune de ses joues perlaient des larmes de détresse.

Elle s'enfonçait en elle-même, elle disparaissait. Lui aimait voir la vie quitter leurs petits corps. C'était beau, c'était l'œuvre de Dieu qu'il accomplissait. Après quelques minutes, son visage blêmit et elle cessa de bouger.

« Enfin une victime à ma hauteur » pensa l'homme en examinant ses griffures. Grace n'était plus, il leva le bras gauche inerte. Trop maigre. Les mollets en revanche étaient charnus et promettaient d'être délicieux.

De toute manière, il y avait toujours les fesses. D'après John, les fesses étaient toujours le meilleur morceau quand elles ne contenaient pas trop de graisse.

*

Albert se rhabilla sans quitter le miroir des yeux. Avec ce costume sombre et ce chapeau à la mode, il paraissait vraiment élégant, un homme bien comme il faut, vierge de tout soupçon.

Dans le train qui devait le ramener jusqu'à sa femme et ses enfants, il décida d'écrire une petite lettre aux Budd. C'était d'abord une lettre pour lui-même, pour se féliciter de ce dernier exploit.

Peut-être un jour leur enverrait-il.

« Chère Mrs Budd,

En 1894, un de mes amis s'est embarqué sur le vapeur Tacoma du capitaine John Davis, allant de San Francisco à Hong Kong. En arrivant, il partit s'enivrer en compagnie de deux amis. À leur retour, le bateau était parti.

La famine sévissait à cette époque. La viande coûtait $1-3 par livre. La famine était telle que les pauvres vendaient leurs enfants de moins de 12 ans comme viande de boucherie. Un *jeune de 14 ans n'était pas en sécurité dans la rue. Toutes les boutiques vendaient cette viande grillée ou bouillie. Des membres de l'enfant étaient apportés et vous pouviez choisir la partie qui vous convenait. Les fesses étaient les parties les plus prisées et, vendues en escalopes, elles coûtaient le plus cher.*

John resta en ces lieux tellement longtemps qu'il développa un goût pour la chair humaine. À son retour à New York, il kidnappa deux jeunes garçons de 7 et 11 ans. Il les attacha chez lui en les enfermant dans un placard. Puis il brûla tous leurs vêtements. Plusieurs fois par jour, il les torturait afin d'attendrir leur chair. Il tua le garçon de 11 ans, car il avait les fesses les plus charnues. Il cuisina et mangea toutes les parties à l'exception des os du crâne et des entrailles. Il a été rôti au four (les fesses), bouilli, grillé, frit, et préparé en soupe. Le même sort attendait le plus jeune.

À cette période, je vivais au 409 Est de la 100e rue. Il me vantait tellement souvent les délices de la chair humaine que je me décidai à y goûter.

Le dimanche 3 juin 1928, je vous ai appelée au 406 Ouest de la 15e rue. Je vous ai apporté un pot de fraises à la crème. Nous avons déjeuné ensemble. Grace s'est assise sur mes genoux et m'a embrassé. Je fixai mon choix sur elle. Au prétexte de l'emmener à une fête, vous avez dit qu'elle pouvait y aller.

Je l'emmenai dans une maison à Westchester que je venais de louer. Je lui demandai de rester à l'extérieur. Elle cueillit des fleurs. Je suis monté à l'étage et ai enlevé mes vêtements. Si je ne le faisais pas, je savais que le sang allait les tacher. Quand tout fut prêt, je l'appelai par la fenêtre. Puis je me suis caché dans le placard jusqu'à ce qu'elle entre dans la chambre.

Lorsqu'elle me vit nu, elle se mit à pleurer et essaya de fuir par l'escalier. Je l'ai attrapée, elle dit qu'elle se plaindrait à sa maman. D'abord, je l'ai déshabillée. Comme elle donnait des coups de pied, mordait et griffait, je l'ai étranglée, puis découpée en petits morceaux afin que je puisse emmener la viande dans les chambres. Je l'ai cuisinée et mangée. Ses petites fesses étaient tendres après avoir été rôties. Ça m'a pris neuf jours pour la manger en entier. Je ne l'ai pas baisée, même si je l'ai regretté. Elle est morte vierge[1]. »

Le Vampire de Brooklyn, l'Ogre de Wysteria, Croquemitaine font partie des quelques surnoms accordés à Albert Fish.

Le tueur en série est connu pour son penchant cannibale mais également pour ses déviances sexuelles et son sadomasochisme. Il reste pour beaucoup l'un des tueurs en série les plus dérangés de l'histoire.

Bien qu'il n'ait été condamné que pour quatre crimes, le nombre de ses victimes pourrait s'élever à plus de cent. Il aimait particulièrement s'attaquer aux enfants.

Albert Fish est condamné à mort le 21 mars 1935. Le 16 janvier 1936, il est exécuté sur la chaise électrique.

---

1. Cette lettre a été écrite par Albert Fish aux parents de la petite Grace Budd avant de leur être envoyée à l'hiver 1934.

L'effroyable docteur Satan

L'affaire Petiot

Paris, XVIe arrondissement, 20 juin 1946. En face du 21 rue Le Sueur, une belle rue calme de ce quartier chic de la capitale qui compte de nombreux hôtels particuliers...

Mon très cher Léon,

J'ai bien reçu ta dernière lettre, lettre qui m'a d'ailleurs ravi. Embrasse bien Adèle et les enfants pour moi. C'est avec un plaisir nouveau que je redécouvre la vie de famille à travers vous tous.

Je pense bien souvent à ta mère, je n'ai pas touché aux meubles, je n'ai pas déplacé ses vêtements. Je pense qu'ils ont leur place dans la penderie, là où ils ont toujours été, et vous en disposerez comme vous le souhaiterez une fois que je serai moi aussi parti. Aujourd'hui, ils ne sont plus que des bouts de tissu et je crains que les déranger d'une manière ou d'une autre ne puisse altérer leur odeur.

La vie a été morne ces dernières semaines, la compagnie de ma femme me manque. Néanmoins, vous connaissez mon fort caractère et le sien... Jacqueline n'aurait pas aimé que je me morfonde indéfiniment. Alors tous les jours, j'applique une routine stricte.

Je me lève tôt, je mange quelque chose, n'importe quoi. Souvent, je bois simplement une tasse de thé. Après avoir déjeuné, je fais un peu d'exercice physique, par exemple une marche dans le quartier. Avant le repas de midi, je m'adonne régulièrement à une forme de réflexion, assis près de la fenêtre.

Ces deux dernières activités m'ont donné l'occasion de découvrir le monde comme je ne l'avais jamais vu, il me plaît d'observer les habitants du quartier ou les passants ponctuels. Je repère la routine de chacun, je constate que la guerre n'arrête pas la vie, j'entends encore des éclats de rire percer à travers les murs.

Dernièrement, je suis redevenu un avide lecteur de la presse afin de suivre attentivement un feuilleton glaçant et malheureusement bien réel.

Si je te dis tout cela, c'est parce que je dois t'informer d'une affaire dont tu as peut-être déjà entendu parler, peut-être aussi as-tu été surpris de constater que les faits s'étaient déroulés à seulement quelques pas de notre appartement.

Il est presque 8 heures à l'heure où je t'écris mais je n'ai pas très faim, la tristesse fait peser sur moi une apathie bien lourde. Je peux au moins la distraire en te racontant cette histoire.

En 1941, nous avons eu de nouveaux voisins. Ils ont emménagé dans l'immeuble d'en face, on disait qu'ils avaient fait l'acquisition de l'hôtel particulier situé 21 rue Le Sueur. C'était des gens mystérieux qu'on ne voyait pas souvent. De temps à autre, une ombre se glissait furtivement dans l'entrée comme si elle craignait d'être vue.

Nos nouveaux compagnons de rue ont entamé de lourds travaux qui faisaient parfois trembler ta mère de terreur, elle qui avait une peur panique des bruits sourds depuis le début de la guerre. « Tout ce remue-ménage ! » grommelait-elle. Personne n'avait quitté cette rue ni décidé d'y élire domicile depuis des années. C'était alors la grande nouvelle, la grande distraction. Curieux, je tendais l'oreille quand Annette, la concierge, se laissait aller à de grandes bavarderies avec les habitants de l'immeuble. Je prenais plus de temps qu'il n'en fallait pour ouvrir la boîte aux lettres, analysais inutilement les timbres et les adresses afin d'entendre des bribes de discussion. C'est ainsi que le feuilleton a commencé pour nous, bien avant que la presse n'en fasse ses choux gras quelques années plus tard.

Il n'y avait pas de « couple » en fait mais un homme, un seul, grand et ténébreux, qui ne laissait pas Annette indifférente. Vêtu de très longs manteaux chics, il avait de bonnes manières de bourgeois et la concierge avait déjà pris l'habitude d'aller le consulter régulièrement. En l'écoutant, j'imaginais un vautour, ou plutôt un corbeau très élégant. Voilà, appelons-le ainsi. On disait que cet homme était un médecin d'une nouvelle sorte et qu'il avait des méthodes peu conventionnelles. Je me souviens m'être demandé quel type de médecin il était et s'il pourrait miraculeusement soigner mon genou malade. Je repense à cet épisode avec effroi.

C'était à l'automne 1941. Le vent soufflait sans répit, ce qui obligeait les femmes à s'agripper à leurs chapeaux, à leurs robes et à marcher presque courbées. Pour la première fois depuis plusieurs jours, je sortis de l'appartement. Nous étions en début d'après-midi et le soleil perçait de temps à autre les nuages, effleurant par la même occasion les feuilles des arbres qui commençaient doucement à roussir. La rue était d'un calme inquiétant, la menace était intangible mais elle avait ébranlé mon instinct. Au fond de moi, pour une raison que j'ignorais, je craignais de rencontrer le bonhomme. Avec le recul, je crois que c'était le jeu des ombres allongées, se croisant et se tordant, qui donnait à cet après-midi une atmosphère sinistre. Pour me donner une contenance, je pris une grande inspiration avant d'entamer la marche lente qui devait me conduire à l'immeuble voisin. À mon premier pas, le soleil se réfugia derrière d'épais nuages et une bourrasque emporta mon béret à quelques mètres de moi, sur la chaussée. Alors que je regardais mon couvre-chef, stupéfait, le corbeau s'extirpa sans effort de l'immeuble, de cette démarche légère que je lui connaissais. Mes yeux fixèrent son image sur une pellicule invisible : il portait un pantalon à pinces et une veste noire qui vola derrière lui alors qu'il s'engouffrait avec rapidité dans une voiture garée là. C'était peut-être une Peugeot. L'homme avait l'air pressé, un peu préoccupé. Il était mince, le front haut et des cernes se dessinaient sous des yeux que je ne voyais pas clairement. C'était la première fois que je voyais de mes propres yeux l'individu qui agitait le voisinage. Je mentirais si je disais que cette rencontre m'avait bouleversé. Je n'ai pas entrevu dans ses yeux l'âme du meurtrier, c'était un homme ordinaire et c'est ce détail qui me préoccupa bien plus tard.

Les mois passèrent. À l'hiver 1942, la toux de ta mère, insidieuse, faisait son chemin dans sa poitrine. Je passais à présent une grande partie de mon temps enfermé entre quatre murs, observant de derrière ma fenêtre le gel de la ville, et d'une certaine manière le gel du monde entier. Le climat d'insécurité grandissait, notre gardienne Annette avait disparu pendant plusieurs semaines avant de revenir sans crier gare, amaigrie et beaucoup moins bavarde qu'avant. Aussi, j'imaginais qu'elle avait dû être envoyée au bûcher par un des habitants de l'immeuble à qui elle s'était confiée sur ses origines. Pour quelle raison était-elle revenue et pas d'autres ? Je n'en avais aucune idée et peut-être préférais-je l'ignorer. Dans les couloirs, les regards étaient cordiaux et les clés dans les serrures tournaient avec grand fracas. Nous n'étions plus voisins mais propriétaires de notre propre liberté. Une seule personne semblait vivre sa vie sans encombre : le docteur de l'immeuble d'en face. S'il se faisait discret en cette année 1942, son cabinet, lui, ne désemplissait pas.

Il était environ 23 heures un soir d'hiver 1942, la rue était calme. J'avais pour habitude à ce moment-là de m'installer sur le fauteuil bas près de la fenêtre du salon. Fumant une cigarette ou deux, j'observais la rue immobile. Parfois, il s'y produisait des moments relevant d'une humanité discrète. Des embrassades au pied d'un immeuble, des éclats de rires étouffés. Ce soir-là, un groupe disparate apparut. Ces hommes, femmes, enfants ne se connaissaient pas tous entre eux. Je le déduisais du fait qu'ils étaient divisés en deux ou trois petits groupes. Une enfant, traînée par la main par une personne qui semblait être sa mère, ne parvenait pas à suivre le rythme, tombait, versait quelques larmes, puis se relevait et se remettait à trotter. Quelques mètres derrière elle, elle avait fait tomber un jouet qu'elle n'avait pas pris la peine de ramasser. Je ne saisis pas l'urgence de la situation et la nature exacte de cette scène. Ces gens qui étaient pour moi des patients étaient entrés dans l'immeuble du docteur et je ne les avais pas vus en ressortir.

Après ce jour, deux ou trois fois par semaine et toujours à la même heure, j'apercevais des patients du corbeau se presser devant son hôtel particulier. Un soir, alors que j'assistais à ce spectacle avec votre mère, cette dernière déclara solennellement : « Ce sont des Juifs. » C'était vrai… évident même, mais je n'y avais pas pensé auparavant. Alors qu'une consultation chez le médecin dure au plus une demi-heure, je ne voyais jamais aucune de ces personnes ressortir. « Il doit certainement les évacuer quelque part, enfin je ne sais pas trop… Il joue au bon samaritain. » J'espérais simplement qu'aucun de nos voisins délateurs n'était arrivé à la même conclusion que nous.

Et puis, il y eut cette curieuse scène, un soir. D'abord, un hurlement animal, guttural. Le genre de cri qui vous transperce l'estomac. Ensuite, un homme sortant de l'hôtel particulier couvert de sang et titubant. Il s'était effondré à quelques mètres de la porte d'entrée du 21 rue Le Sueur. Devais-je descendre pour l'aider ? Les Allemands avaient-ils tout découvert ? Machinalement, sans plan clair en tête, je m'étais chaussé et j'avais dévalé les marches de l'escalier en colimaçon. En bas, depuis l'entrée sombre, je pouvais apercevoir le visage du pauvre bougre.

Cet homme était kiosquier, je le connaissais. Était-il résistant ? J'imaginais les pires des scénarios : sa famille entière avait dû être massacrée sous ses yeux, il avait dû fuir la scène de crime et avait débarqué ici chez son sauveur, hagard… Deux individus s'étaient porté à son secours, ils semblaient avoir eu pour lui des mots réconfortants, si bien que l'homme avait accepté de les suivre sans incident.

Quelques minutes plus tard, le docteur apparut, un mouchoir à la main. Méticuleusement, à quatre pattes comme un animal, il s'était mis à nettoyer les traces de sang sur le trottoir. Il y avait certainement dans cet acte quelque chose de l'ordre de l'expiation. Enfin, il avait relevé la tête et je crois que, pendant un instant, ses yeux avaient croisé les miens. Je doute qu'il ait pu m'apercevoir, mais c'était tout comme.

J'avais développé une forme d'attachement bornée pour ce jeune homme, j'observais ses allées et venues. J'étais heureux de voir qu'il existait toujours une forme d'insubordination contre le pouvoir étatique hégémonique. Quelle ne fut pas mon inquiétude quand je constatai qu'il avait tout bonnement disparu au cours de l'année 1943. Je ne le savais pas à cet instant mais mes pires craintes s'étaient réalisées : quelque part dans la prison de Fresnes, le docteur était torturé sans relâche pour ses bonnes œuvres. On n'épargnait rien aux résistants. Jacqueline n'aimait pas me voir ainsi dépendant de l'existence d'un homme que je ne connaissais pas, elle ne comprenait pas qu'il fût si difficile pour moi de voir sombrer dans le néant la seule lueur d'espoir que je nourrissais encore. Pour moi, mais surtout pour l'humanité. Je me demandais lequel de nos voisins avait bien pu trahir le bonhomme et j'avais pour eux tous un œil cruel.

Heureusement, la vedette de mon roman imaginaire, le corbeau, avait fini par revenir après presque un an d'absence. Il avait l'air plus préoccupé que la première fois que je l'avais aperçu, gardant les volets clos, sortant à peine… Était-il seulement présent ?

C'est début mars 1944 que le feuilleton national est né, venant se joindre au mien pour créer une seule et même réalité brutale.

Tout a commencé par des odeurs incommodantes dans le voisinage. Et d'incommodantes, elles sont vite devenues insupportables. Nous les sentions même avec les fenêtres fermées et pensions que ces relents venaient des égouts de la ville. Je questionnai Annette à ce sujet et la pauvre ne sut pas me répondre. Peut-être était-ce à cause de son mutisme partiel. Elle qui avait toujours été si bavarde se taisait maintenant plus qu'elle ne parlait. Ce nouveau coup à notre normalité n'avait pas été facile à accepter.

Nous avons subi ces odeurs pestilentielles pendant plusieurs jours jusqu'au 11 mars, jour où ta mère a remarqué que c'était la cheminée du 21 rue Le Sueur qui laissait échapper ces effluves nauséabondes. Inquiet pour la sécurité du docteur, je décidai d'alerter les sapeurs-pompiers. Je pensais pouvoir les guider et pénétrer ne serait-ce qu'un peu dans l'antre du docteur. J'espérais le croiser, lui expliquer que je m'inquiétais pour lui, que j'étais heureux qu'il ait continué à exercer, lui exprimer en un regard ma gratitude.

J'attendis les sapeurs-pompiers en bas de l'immeuble. En arrivant, quelques-uns me posèrent des questions auxquelles je ne pus pas répondre tandis que les autres frappèrent poliment à la porte. Ils communiquaient par un jargon gestuel qui rendait toute cette situation plus confuse encore. Je compris qu'ils ne parvenaient pas à entrer en contact avec le propriétaire – s'il était bien présent – puisque personne ne répondait. Ils furent obligés de s'introduire dans les lieux par effraction en brisant une fenêtre.

Pour la première fois, je pouvais jeter un œil à l'intérieur. Le lieu était sombre, semblait abandonné. Une pensée me saisit alors l'esprit, me coupant le souffle : « Et si le docteur était mort ? » Je décidai de traverser la rue et d'observer la suite des opérations depuis le trottoir d'en face. De mon poste de surveillance, je pouvais observer les hommes en uniforme s'activer. Ma vue fut légèrement brouillée par une fine bruine qui s'était mise à tomber, je savais le vent glacé mais je ne le sentais pas vraiment. Les pompiers s'agitaient, discutaient à voix basse entre eux comme si une chose innommable venait de se produire et qu'ils ne voulaient pas agiter le voisinage. Comme s'ils voulaient diminuer l'impact de leur découverte en chuchotant les mots et en mimant le choc.

Combien de temps suis-je resté sur ce trottoir ? Certainement plusieurs heures. J'étais comme mort et mon cœur s'est remis à battre quand la police est arrivée. J'étais le seul civil présent, comme un cheveu sur la soupe ; pourtant, ils ne m'ont prêté que très peu d'attention. « Excusez-moi, est-ce que le docteur va bien ? » ai-je demandé à un jeune policier assis à même le trottoir mouillé. Il était blanc comme un linge, semblait indisposé… « Oh que oui, je pense qu'il va très bien, votre docteur, mais plus pour longtemps. »

Les pompiers et les policiers défilaient, portant des sacs et des couvertures enroulées autour d'un contenu non identifié. C'était comme une procession de fourmis. À un moment, l'un d'entre eux, glissant sur une marche de l'escalier, entraîna deux de ses collègues dans sa chute et ils se retrouvèrent à terre. J'aurais certainement ri si je n'avais pas reconnu dans la poudre grisâtre qui les recouvrait la robe de la petite fille. Les pompiers se rassemblèrent tout près de l'escalier et se hâtèrent de rassembler ce qui semblait être des cendres. Le problème, vois-tu, était que certains de ces morceaux de bois n'avaient pas brûlé, ils s'étiraient en des formes bien étranges. J'ai reculé d'un pas en réalisant que ce que je voyais était en réalité des morceaux de corps humains à peine calcinés. On pouvait repérer des doigts, des os, des cheveux attachés à une tête aux traits indiscernables.

Le jeune policier assis près de moi se leva d'un bond et se dirigea vers l'immeuble pour participer à l'effort collectif. Toute cette cendre qui salissait l'entrée de l'immeuble en se mêlant à l'eau de pluie avait un jour appartenu à des corps humains. Ils brûlaient depuis quelques jours dans les chaudières à bois alimentant l'immeuble. C'était – tu l'auras bien compris – l'origine de l'odeur qui nous empoisonnait l'existence.

Quand 18 heures sonnèrent, j'étais encore debout sur le trottoir d'en face, si bien que ta mère était descendue pour savoir ce qui me retenait. Cela faisait bien longtemps que mes genoux ne m'avaient pas ainsi maintenu debout.

Voilà ce que j'ai appris : le « docteur Eugène », comme il se faisait appeler, proposait des services d'évasion à des Juifs et à tout autre individu désireux de se faire oublier.

Les personnes le payaient de diverses manières, souvent avec des objets précieux, des diamants qu'il conservait jalousement après avoir tué leurs propriétaires. Craignant une visite surprise de la police, il avait commencé à brûler les morceaux de corps démembrés avant de s'enfuir.

L'effroi s'était emparé de notre quartier. Ce jour-là, et pendant plusieurs jours après que l'odeur a disparu, ta mère a gardé les fenêtres de l'appartement ouvertes. Annette qui ne parlait déjà plus beaucoup arpentait les couloirs sans nous approcher. Nous aurions tous pu être victimes, mourir dans d'atroces souffrances et être réduits à l'état de poudre. Le choc était grand.

Je n'ai plus revu celui qu'on appelait à présent « docteur Satan » jusqu'au début de son procès le 18 mars dernier, 1946. Ce jour-là, je n'ai pas déjeuné, je ressentais le besoin irrépressible de le voir et d'entendre sa défense. Je pensais qu'il y avait une autre explication, j'espérais le voir désolé, je voulais justifier l'horreur pour mieux dormir la nuit.

Je me suis pressé à la cour d'assises de la Seine. Cela faisait une éternité que je n'avais pas conduit et je craignais surtout d'être comprimé par la foule. Bénéficiant du respect que les gens accordent généralement aux personnes de mon âge, j'ai réussi à me faufiler dans ce grand rassemblement de curieux, et même à trouver une place assise. Autour de moi, je ressentais l'effervescence, les journalistes et anonymes débattaient sur le sujet polémique. Derrière moi, un homme au ventre protubérant et à la voix profonde s'amusait du fait que le prétendu médecin avait facilité le travail du général Pétain.

Il régnait un désordre incroyable dans la pièce jusqu'à ce qu'une voix autoritaire ordonne le silence, c'est le moment que mon cœur a choisi pour battre à tout rompre. Je ne comprenais pas certaines parties du protocole judiciaire ni certains mots employés, mais j'avais saisi que ce monsieur Marcel Petiot était accusé de faits graves. Je craignais quelque part d'entendre les détails de ses crimes mais je ne pouvais plus me défiler. C'était pour moi une obligation morale envers les victimes, moi qui me sentais complice des actes du bourreau.

Je ne saurais dire si son arrivée dans la salle fut accompagnée d'invectives ou d'un silence complet tant j'étais concentré sur la figure noire qui se déplaçait devant moi. Je n'avais jamais vu l'homme de si près et je craignais à tout moment que son regard croise le mien. Il semblait calme et quand il prit la parole, je fus surpris de l'entendre pour la première fois. Je ne crois pas que je l'imaginais parler ainsi ou avoir cette voix-là.

La foule a tremblé alors qu'étaient décrits les faits abominables. Les travaux de rénovation de Marcel Petiot lui avaient permis de créer un véritable labyrinthe de l'horreur. L'œil derrière des judas secrets, il observait ses victimes périr à petit feu après leur avoir administré diverses substances létales. À partir de 1942, à quelques mètres de chez nous, des hommes, des femmes et des enfants avaient été sauvagement assassinés et personne ne les avait entendu crier. J'aurais peut-être pu les entendre si j'avais ouvert la fenêtre, si j'avais été plus attentif.

Ce Petiot n'était plus simplement un criminel avide d'argent mais aussi un sadique. Je fus surpris de l'impassibilité du visage de l'accusé, je voyais à présent dans chacun de ses traits tout ce qu'il y a de plus mauvais et de plus cruel. Il se donnait en spectacle comme une sorte de dandy, pensant certainement tromper la cour grâce à sa prestance et à son intelligence. La scène était écœurante. Tous ces gens qui étaient venus entendre ce qu'il avait à dire, qui lui trouvaient un air charmant et un certain génie. J'ai quitté la salle avant la fin de l'audience.

J'ai lu dans un article de journal qu'il avait été condamné à mort et guillotiné le mois dernier. Il est semble-t-il parti sans peur, avec le sourire aux lèvres. La nouvelle ne m'a pas bouleversé le moins du monde, ni surpris.

Cela faisait quelque temps que je n'avais pas eu l'occasion de penser à cette histoire. Après le procès et l'exécution, j'ai dû accepter de faire face à la mort de ta maman. Elle est partie il y a un an maintenant mais j'ai l'impression que c'était hier.

Quand j'évoque notre ancien voisin, quand j'écris ma version de cette histoire, j'ai en tête l'image d'un serpent. Seulement, je ne saurais contenir un reptile dans ce petit appartement, alors je te le donne. Je suppose que dans ta grande maison à la campagne, tu sauras quoi en faire.

Papa, à qui tu manques beaucoup.

De 1942 à 1944, au cœur de la Seconde Guerre mondiale et dans un Paris occupé par les Allemands, un horrible drame se jouait au 21 rue Le Sueur.

Marcel Petiot, qui s'était improvisé médecin, avait créé un commerce très lucratif : il servait de passeur pour des criminels et des familles juives qui souhaitaient fuir la France, en échange de quelques billets ou bijoux.

Arrivés dans le cabinet du médecin, ils n'étaient pas évacués mais piégés, torturés, puis tués. L'homme aurait fait plus de soixante victimes, hommes, femmes et enfants. Dans les valises où étaient stockés leurs effets personnels, la police a retrouvé des paires de chaussures, des manteaux, des chaussettes. Parmi tous ces vêtements, le pyjama du petit René Kneller assassiné avec ses parents a pu être identifié.

Condamné à mort, Marcel Petiot est exécuté le 25 mai 1946. Il n'exprima jamais de regret pour ses actes, arborant jusqu'au bout l'insolence de sa détermination.

Né pour tuer

Le cas Ed Kemper

North Fork (Californie, États-Unis), 27 août 1964. Par une chaude matinée, dans un quartier résidentiel calme et jusque-là sans histoire...

Le 27 août 1964, en sortant de son lit trempé de sueur, Edmund posa d'abord le pied gauche à terre avant de poser le droit. Chaque jour, il espérait que les choses seraient différentes à son réveil. Sa vie serait certainement meilleure s'il avait quelques centimètres en moins, ou bien un esprit sain, non tiraillé par des pensées morbides en tout genre. En émergeant, il prenait toujours quelques secondes pour recueillir des indices sur son environnement. La température de la pièce, son odeur, les bruits qu'il pouvait entendre à l'extérieur. L'atmosphère de sa chambre n'avait pas changé, elle était toujours bien trop petite et son désordre était représentatif de ce qui se jouait dans son esprit.

Dehors, les gosses des voisins faisaient crisser les pneus de leurs vélos neufs sur le bitume fumant. C'était une nouvelle journée d'été qui commençait – ou plutôt, qui se répétait. S'il avait marché dans le droit chemin, il se serait certainement réjoui de cette période de liberté totale et aurait profité de son temps libre pour faire le tour des cinémas de la ville. Mais pour cela, il aurait fallu avoir des amis et il n'en avait pas. Il aurait certainement pu s'en faire s'il avait toléré la présence des autres garçons de 15 ans…

Après avoir posé ses lunettes sur son nez, Ed (c'était comme cela qu'on l'appelait) se massa longuement les tempes sous la lumière jaune vif qui filtrait à travers les persiennes. Le monde était en ce moment coloré comme dans ces westerns que son grand-père adorait. Depuis quelques semaines, le mercure dépassait régulièrement les 30 degrés et frôlait parfois même les 40. C'était habituel à North Fork, Californie. Il était seulement 10 heures mais on était déjà étourdi par la chaleur.

L'été n'était pas la saison préférée d'Ed. L'humidité et son lot de moustiques l'empêchaient de se concentrer sur une tâche, la sueur le maintenait scotché aux fauteuils en cuir du salon. En plus, les êtres humains devenaient plus insupportables en cette saison. Ils étaient plus hyperactifs, plus agressifs, plus excités sexuellement, plus ivres. Dans les parcs, des vieilles dames suantes accaparaient tous les bancs pour discuter ensemble de leurs chihuahuas insupportables et bruyants. Tout cela dans un air pollué par des voitures ronflantes.

— À 15 ans, on sort un peu plus, on se dépense ! On n'est pas léthargique comme toi !

C'était la rengaine de l'été. Sa grand-mère commençait toujours par cette phrase et terminait invariablement par un « Moi à ton âge… », suivi d'une anecdote ridicule sur sa jeunesse. Cette vieille femme ne savait rien d'assez intéressant pour qu'il la respecte et qu'il ait envie de suivre ses recommandations.

Il était resté assis sur son lit en espérant que la température baisse. Le petit ventilateur qui lui faisait face ne brassait que de l'air chaud, il l'envoya valser d'un coup de poing puis fit un effort considérable pour inciter ses mollets à mettre son immense corps en position debout. Une fois à la verticale, il dominait la chambre comme s'il était un géant dans une maison de poupée. C'était ainsi que le monde lui avait toujours paru : un immense terrain de jeu. Il imaginait tous ces êtres humains comme des fourmis qu'il aurait pu carboniser à l'aide d'une loupe et d'un peu de soleil.

Edmund était plus grand que la moyenne, plus intelligent que la moyenne, plus malheureux que la moyenne et peut-être aussi plus en colère que la moyenne.

Ce matin-là, c'était l'odeur du petit déjeuner qui l'avait profondément dérangé pour une raison qu'il ignorait. Peut-être était-ce parce que les effluves grasses du bacon se répandaient dans toute la maison, étouffant tous ses habitants sous une deuxième couche de chaleur.

— Bouge-toi, mon vieux, sinon tu vas fondre sur place, pensa-t-il.

Comme toujours après sa désillusion du réveil, il se précipita dans la salle de bains pour se rafraîchir. Il prit une douche froide bien que sa grand-mère lui ait recommandé de ne pas le faire. Il aimait s'infliger ce contraste de température douloureux, c'était une sorte de défi personnel. L'eau glaciale l'électrifiait, le courant froid se répandait depuis le sommet de son crâne jusqu'à ses orteils. En cet instant, il se sentait profondément vivant et conscient comme si le brouillard de son esprit n'avait plus d'emprise sur lui. Il pouvait choisir de tout ignorer : la chaleur derrière le rideau, les cris des enfants qui jouaient dehors et même l'odeur du bacon qui le suivait jusqu'à la salle de bains.

— Eh le morveux, pas plus de cinq minutes, la douche, lança Maude à travers la porte.

Ainsi, elle venait encore de gâcher un de ses moments de plaisir, c'était peut-être délibéré après tout.

— Alors tu reviendras dans cinq minutes.

Le gamin avait des réponses étranges pour tout, il était excentrique tout en étant calme, ce qui donnait l'impression qu'il pensait réellement ce qu'il disait. C'était le genre de personne qui semblait toujours faire des allusions et des sous-entendus sans qu'on puisse prouver qu'elle le faisait réellement. Maude, comme la plupart des êtres humains, aimait les gens qu'elle pouvait cerner et ranger dans des cases. Ce grand dadais d'Ed était un alien, bien trop grand, étrange et différent pour s'ajuster à l'une d'entre elles.

Les Kemper avaient accepté de recueillir cet adolescent bizarre simplement parce qu'il était leur petit-fils. Jamais auparavant ils n'avaient rencontré d'être si particulier. Il y avait quelque chose chez Edmund. Quelque chose dans son sourire ou dans son extrême politesse qui déclenchait automatiquement votre instinct de survie. Avec Ed, le radar de Maude s'agitait en permanence.

L'adolescent avala son petit déjeuner mais laissa de côté le bacon qui avait cramé, non sans jeter un regard plein de reproches à sa grand-mère qui l'observait en sirotant son café.

— Tu n'as rien fait de ton été ! dit encore Maude. Tu passes ton temps à lire tous ces livres étranges et à dormir… Vraiment un bon à rien comme ta mère.

Ils s'insupportaient l'un l'autre. Ed se gratta le mollet avant de passer sa langue sur ses canines où un morceau d'œufs brouillés était resté coincé. Il ne trouvait pas nécessaire d'alimenter cette conversation. Il estimait son agacement à un bon 7 sur 10, c'était déjà assez pour lui couper l'envie de parler, de crainte de ne plus savoir se contrôler.

— Oh ! Tu ne parles donc jamais ? renchérit la vieille femme sur le ton que l'on prend pour parler à un enfant qui vous appartient d'une manière ou d'une autre.

— Si tu tiens vraiment à ce que je prenne l'air, je sors et dès maintenant, regarde !

Ed joignit le geste à la parole en attrapant une chaise pliante qui reposait sur la bordure de l'évier. Souriant mécaniquement, il sortit de la maison. Dès qu'il eut le dos tourné, son visage reprit son apparence habituelle : sans expression. Il resterait assis sous le porche jusqu'à griller complètement s'il le fallait.

Il était 11 heures, la chaleur commençait à devenir réellement pesante, mais il l'ignora. Assis sur une chaise pliante en formica, il ferma les yeux et se laissa rôtir, respirant avec peine, fondant comme une glace au soleil. L'agacement après être remonté à 9 sur 10, était maintenant redescendu à 5, ce qui correspondait à son état habituel. Depuis sa naissance, il avait toujours ressenti cette pointe de dédain envers le monde qui l'entourait. Tout était absurde, lui-même en tant qu'être humain ne représentait qu'une partie infime de cet étrange univers. Il comprenait des choses dont personne d'autre ne semblait avoir conscience et cela ne le rendait pas plus heureux. Non, cela le rendait plus seul.

Juste avant midi, plus aucun enfant ne s'aventura dehors. Les parents devaient certainement faire déjeuner leurs petites têtes chevelues et ensuite ils iraient faire la sieste ou toute autre chose stupide que font les enfants.

Juché sous son porche, lui-même perché au-dessus de la rue complètement vide, Ed était le roi du monde. Derrière les rideaux qui s'écartaient, il y avait certainement des ménagères qui pensaient « Oh v'là encore le petit des voisins qui fait des siennes ». Être un élément perturbateur lui importait peu, il prêtait peu d'intérêt à l'opinion de toutes ces personnes qu'il aurait pu faire disparaître en un claquement de doigts s'il l'avait voulu.

Quand 12 h 30 sonnèrent, Maude jeta un œil dehors. Son petit-fils était à présent rouge comme une écrevisse, penché comme toujours sur un bouquin. Sur la couverture, on pouvait lire *Fahrenheit 451*. Encore un de ces satanés livres. Peut-être fallait-il réfléchir au meilleur moyen de le virer de cette maison… Mais elle éprouvait quelques scrupules à le mettre à la rue tant qu'il n'avait pas 18 ans. Quand il aurait terminé le lycée, elle pourrait lui dire : « Maintenant tu es un homme, tu dois te débrouiller seul, va donc vivre ta vie. » Pour le moment et pour son grand malheur, rien ne pouvait justifier cet abandon.

Maude invita son rejeton à rentrer, prétextant que le déjeuner était prêt, ce qui était loin d'être vrai. L'adolescent ne répondit pas, il se leva et suivit sa grand-mère jusqu'à la cuisine. Là, il réalisa avec agacement qu'en effet, le repas n'avait pas encore été préparé. Sa grand-mère avait troublé sa transe solaire alors que la table n'était même pas encore mise.

Il s'installa à table réprimant un soupir. Il voulait simplement la paix, il n'avait pas envie d'entendre à quel point il était trop grand, trop indifférent, trop insipide, trop comme sa mère, pas assez comme son père. Sa mère était violente et stupide, le comparer à elle revenait à l'insulter, lui.

— Grand-père ne rentre pas déjeuner ? marmonna Ed.

— Pourquoi ça t'intéresse de toute manière ?

— Je préfère l'attendre, le repas n'est même pas encore servi.

Pour une fois, il ne cherchait pas à défier sa grand-mère ; simplement, l'idée de déjeuner en tête à tête avec elle lui était véritablement insupportable. Maude lui avait jeté ce regard qui semblait vouloir dire « heureusement que tu es ma chair et mon sang, sinon je t'aurais déjà abandonné dans le caniveau ». Le sentiment était réciproque. Il l'aurait abandonnée dans le caniveau découpée en petits morceaux, et puis il aurait emporté sa tête et ses mains afin que la police ne parvienne jamais à l'identifier. Une goutte de sueur coula sur son front puis échoua dans son œil. La brûlure le ramena à la réalité.

— Bon. Si tu me cherches, je serai là où j'étais tout à l'heure.

Il ouvrit le frigo, la bouteille de Coca-Cola qu'il avait achetée la veille ne s'y trouvait plus. C'était souvent comme ça dans cette maison, on ne respectait jamais les affaires d'Ed. Il était bien prétentieux, ce blanc-bec, à vouloir posséder quoi que ce soit. Depuis ce matin, il ne pensait qu'au goût caramélisé et acidulé d'un Coca-Cola bien frais. L'épicerie la plus proche était à des kilomètres à pied et il faisait bien trop chaud pour s'y rendre. Ed ne fit aucun commentaire, contenant sa rage dans une petite boîte au fond de son intestin comme il l'avait toujours fait.

Il n'y avait rien de plus à dire, il pouvait retourner à son poste.

Tout à l'heure, il était confortablement installé sur une chaise chauffée à blanc. Tout à l'heure, il rôtissait au soleil en lisant son livre préféré. Mais en sortant de la maison, il réalisa que le livre en question s'était volatilisé. Il n'était plus sur la chaise, il n'était pas non plus dans la cuisine. Il était impossible qu'il soit dans sa chambre puisqu'il n'y avait pas remis les pieds depuis le matin.

Le livre avait forcément été déplacé et il pensait savoir par qui. « Cette satanée vieille » pensa-t-il. Il voulait juste une journée de répit, sans disputes, seul avec lui-même.

Ed déboula à l'intérieur de la maison comme une violente tempête, les tempes battantes, agité par une colère humide.

— Grand-mère, as-tu vu mon livre ?

C'était une question rhétorique, en réalité il voulait dire « Où as-tu mis mon livre ? ».

— Non, écoute, tu l'as laissé sur ta chaise tout à l'heure… répondit Maude.

Il savait qu'elle ne disait pas la vérité mais il la respectait pour sa sournoiserie. Dans d'autres circonstances, il aurait abandonné le combat mais il s'était arrêté au passage le plus intéressant du livre, en tout cas son passage préféré.

— Comment se fait-il alors qu'il ne soit plus sur la chaise ?

Devant le ton agressif de son petit-fils, Maude haussa les épaules. Elle sembla seulement prendre conscience à cet instant de sa taille et de ses réactions imprévisibles. Tout en restant droite comme un i, elle continua à nier face au gamin aboyant.

— Je sais que c'est toi qui l'as pris, alors rends-le moi maintenant !

— Si tu faisais autre chose que lire, tu n'aurais jamais eu ce problème… lança Maude sur un ton provocateur. Pour qui se prenait-il, ce minus ? Ce petit fœtus de rien du tout ?

Edmund ne parut pas se satisfaire de cette réponse et hurla à pleins poumons, provoquant une onde sismique qui fit vibrer l'air autour de lui et se hérisser les poils de sa grand-mère. Ce n'était pas des mots intelligibles, simplement des cris de rage, primaires, sans doute comme les sons émis par les hommes à l'âge de pierre quand ils n'avaient pas encore de mots pour s'exprimer. C'était le sentiment de colère le plus pur qu'il n'avait jamais ressenti, et alors que la cuisine devenait de plus en plus chaude, ses tempes battaient de plus en plus vite. Il se sentait trop à l'étroit dans cette maison de poupée, il n'y avait pas de place à l'intérieur pour deux personnes.

Ed fit volte-face, marchant d'un pas rapide jusqu'à la chambre de ses grands-parents, ne pensant à rien. Il tira de sous le lit le coffre rouillé où son grand-père conservait son 22 long rifle, ne pensant toujours à rien.

Il revint au salon les yeux rouges et la morve au nez ne pensant qu'à abattre le gibier. Maude éclata de rire, c'était bien trop gros pour être vrai. Ed se tenait à bonne distance d'elle, l'arme pointée dans sa direction comme un caniche peureux.

— Tu penses que je ne peux pas tirer ? dit-il calmement.

De l'extérieur, il semblait calme. Seule la rougeur de ses joues trahissait la tempête intérieure. La vieille dame essuya les larmes qui perlaient sur ses joues et reprit un visage froid et impassible. À cet instant, ils se ressemblaient presque.

— Pose ça tout de suite. Tu vas faire une bêtise.

Décelant la pointe de défi dans sa voix, Ed visa la menteuse, et sans une once d'hésitation appuya sur la détente.

Il ne remarqua ni les yeux écarquillés ni les genoux fléchis, elle était à ce moment la nuisance ultime. Derrière Maude se tenait en évidence, comme s'il avait été placé là par Satan en personne, un couteau de cuisine bien aiguisé sur lequel reposaient encore des lambeaux de chair. Il n'eut qu'à se pencher et l'arme se glissa dans sa main comme un objet mystique ; Excalibur avait trouvé son roi Arthur. La température devait alors dépasser celle de l'enfer.

Dans un dernier cri guttural, Edmund abattit le couteau sur le gibier à plusieurs reprises. Il s'était déjà amusé à poignarder un rôti de bœuf, c'était presque pareil même si, dans ce cas présent, la viande opposait plus de résistance. Il avait déjà tué et démembré des chats auparavant, c'était pour lui assez facile, l'acte ne représentait aucun grand challenge car ces bestioles n'avaient pas la force de se défendre.

Maude hurla, essaya de repousser cet adversaire massif. Dans cette lutte à mort, la colonne vertébrale de Ed se raidissait. Ce n'était pas facile de viser correctement, elle était coriace et rampait d'un bout à l'autre de la cuisine. Ed riait, il trouvait ses hurlements amusants. Il aurait voulu dire : « Tu vois grand-mère, je suis capable d'accomplir certaines choses ! Me respectes-tu à présent ? » Il aurait voulu la gifler et la traîner par les cheveux mais sa propre rage le paralysait.

Ce n'était pas sérieux. Certainement, il finirait par abandonner en croisant son regard, il appellerait les autorités, il ne la laisserait pas mourir ainsi. Il était la chair de sa chair. Devant les yeux ridés de la vieille Maude défilaient des souvenirs sombres. Le jour où elle avait frappé Ed à l'aide d'une ceinture, toutes les fois où elle s'était moquée de ses pantalons trop courts, de sa coupe de cheveux. Non, Ed n'avait aucune raison d'arrêter.

Ed recommença à la frapper autant qu'il le fallut pour que la colère passe et soit remplacée par la fatigue. Il reprit son souffle, secoua sa tête pour disperser les cheveux qui lui tombaient devant les yeux et poussa un dernier hurlement.

En se relevant, il constata les dégâts. Ce n'était pas si extraordinaire de tuer, il savait que ce ne serait pas extraordinaire mais tout de même… Ne devait-il pas être soulevé par un sentiment d'accomplissement jouissif à la vue de ce corps ensanglanté ? La flaque de sang réfléchissait un visage inexpressif, peut-être juste un peu tendu. Maude ne mourait pas, elle gémissait, hoquetait, les yeux suppliants.

— Oh… ça prend du temps de mourir, dit-il, imperturbable.

Dans les films, la mort était toujours instantanée, propre, presque belle. Et là, devant lui, ce n'était que gargouillements et yeux révulsés. Il n'avait pas pensé à l'odeur que produirait une telle quantité de sang.

Ed attrapa le paquet de cigarettes qui se trouvait dans la poche du tablier de sa grand-mère ; à sa grande surprise, elle ne manifesta aucune réaction. Elle s'était toujours opposée à ce qu'il fume, alors allumer une cigarette debout devant son corps inerte ressemblait à la plus ironique des vengeances. Il tira sur la cigarette, laissa la nicotine pénétrer ses voies respiratoires, puis se mit à tousser comme le gamin de 15 ans aux poumons vierges qu'il était. Il se rappela soudain à quel point il détestait la chaleur, l'humidité et cette sensation d'être constamment sous l'eau en train de se noyer. Il écrasa le mégot sur la planche à découper, faisant noircir le bois à cet endroit.

À présent, il devrait attendre le retour de son grand-père. Ce serait Edmund contre Edmund. Il n'était pas particulièrement en colère contre son grand-père mais souhaitait lui épargner une fin de vie solitaire. C'était lui faire une faveur que d'achever sa longue vie bien vécue en même temps que celle de sa femme adorée. Edmund avait-il aimé Maude après tout ? Cette folle castratrice qui l'empêchait même de posséder une arme.

— C'est le deuxième amendement, idiote ! dit-il à voix haute en jaugeant le cadavre de sa grand-mère. Il pensait au fait que son père avait été en elle et que lui-même avait été en lui et se demandait comment deux êtres si proches pouvaient être si différents.

Le bois du perron craqua, Edmund quitta la cuisine pour l'entrée, arme en main. L'acte serait moins agréable car il ne servirait qu'un intérêt logique. « Edmund contre Edmund » pensa-t-il à nouveau. Il laissa le vieil homme pénétrer dans la maison, dos à lui. Quand il se sentit prêt, il pressa la détente.

Sous l'impact, Edmund senior tenta de s'agripper à la poignée de la porte avant de s'écrouler sur le sol de l'entrée. C'était ainsi que lui aurait aimé mourir : d'un coup, sans période de transition. Sa mort avait été belle, légèrement théâtrale.

— Oufff… Il fait chaud ici…

Ed secoua son t-shirt pour y faire pénétrer de l'air. Plus tard, il décida de le retirer complètement et c'est ainsi qu'il appela sa mère. Il devait lui annoncer la mort de ses grands-parents sans trop entrer dans les détails, c'était certainement la première personne à prévenir. Il n'avait pas le courage d'appeler son père.

— Comment ça, morts ? avait-elle dit, paniquée.

— Ils sont morts ; que veux-tu que je te dise ? Ça finit toujours par mourir, les personnes âgées.

Il avait prononcé ces mots comme on parle de la météo, en tirant sur la cigarette qu'il venait d'allumer. Celle-ci passait mieux. Il avait tenté d'apaiser sa mère qui semblait confuse. Elle n'aurait pas à souffrir longtemps, il finirait par l'avoir elle aussi, maintenant qu'il savait comment faire.

Après quelques minutes d'immobilité totale, il s'était résolu à appeler la police. C'était la seule chose sensée à faire, il n'avait pas les moyens de partir en cavale, et de toute manière il finirait par être attrapé un jour ou l'autre. Le policier ne parut pas comprendre, peut-être était-il novice. « Ils ne devraient pas mettre des bleus à ce genre de postes » pensa Ed. Les instructions étaient pourtant claires : il avait tué ses grands-parents et il attendrait les autorités devant la maison.

La montre à son poignet indiquait 13 heures. De sa vie, il n'avait jamais eu aussi chaud. Le sang sur le sol répandait une odeur nauséabonde dans toute la maison. Les voisins n'avaient rien entendu, ils devaient certainement faire la sieste sans s'imaginer le drame qui était en train de se jouer à côté de chez eux. Ed enjamba le corps de son grand-père, cigarette au bec, et s'installa sur la chaise en formica qui était restée là. Sur l'herbe jaunie jouxtant le porche, un objet luisait au soleil, il se pencha légèrement pour mieux le voir. Ce n'était pas une pierre précieuse, c'était son exemplaire de *Fahrenheit 451*.

Le 27 août 1964, Ed Kemper, 15 ans, abat brutalement ses grands-parents paternels. Il échappe à l'incarcération après avoir été diagnostiqué schizophrène.

Après cinq ans en hôpital psychiatrique, Ed part vivre chez sa mère, Clarnell Strandberg. Leurs relations sont très conflictuelles. En 1972, le jeune homme commence à enlever des jeunes auto-stoppeuses afin d'assouvir ses fantasmes nécrophiles. En 1973, Ed tue sa mère en la décapitant, il aurait ensuite eu une relation sexuelle avec son cadavre.

Surnommé l'Ogre de Santa Cruz, Ed Kemper est aujourd'hui reconnu comme l'un des tueurs en série les plus meurtriers de sa génération.

Blanche-Neige

Le cas Ted Bundy

Seattle (état de Washington, États-Unis), janvier 1974. Dans un quartier animé, non loin du campus de la Washington State University. Noël est passé, les cours ont déjà repris depuis plus de trois semaines à la fac de sciences humaines...

Lynda était apparue brièvement dans sa vie comme une brise, ou plutôt comme un voile léger qui se soulèverait sous l'action du vent. Elle se tenait là, droite, grande et mince. C'était près de ce marché aux fleurs de Seattle qui avait la caractéristique de se situer au détour d'une rue, un endroit volatile devant lequel on ne fait que passer et qu'on oublie.

C'était assez rare chez elles, ce violent contraste entre cheveux noirs et yeux bleus perçants. La jeune femme était d'une beauté simple et époustouflante. C'était ce corps, cette allure, qu'il voulait urgemment posséder. Comment approcher cet oiseau rare ? Fallait-il lui faire la cour ou bien la laisser venir à la cage ? Chacune d'entre elles avait des manières particulières, des désirs particuliers qu'il fallait percer à jour afin de les attraper. Celle-ci visiblement aimait les fleurs.

Il fit un pas dans sa direction, recula, fit mine de partir avant de revenir. Elle ne le remarquait pas, profondément plongée dans ses pensées. Elle devait avoir la tête dans les nuages, une rêveuse qui ne se méfiait pas.

Bien sûr, au bout d'un moment, elle comprit son manège, elle leva alors les yeux vers lui, le fixant intensément pour lui signifier qu'il la dérangeait. Il apprécia la vulnérabilité de son regard et son air inquisiteur. Il l'aimait déjà beaucoup. À vrai dire, il les aimait toutes, les bavardes, les moins bavardes, les brunes, les blondes, mais certains jours, il en préférait une plutôt qu'une autre.

Il essaya de prendre la mesure du type d'homme qu'elle aimait. Au vu de son sac à dos, elle était peut-être étudiante. Ce que son t-shirt à l'effigie de WSU sembla confirmer. Il réprima une grimace – que c'était laid et m'as-tu vu ! En tout cas, l'homme en question devrait certainement aimer les livres, porter du marron et du beige, être solitaire sans être timide. Il ne devrait pas agir comme un petit chihuahua nerveux ni comme un golden retriever infiniment patient et gentil. Il l'ignorait complètement, s'assurant tout de même qu'elle avait capté sa présence. Un frôlement, une main sur la taille pour la dépasser et la dispersion de son parfum dans l'air suffisaient. La buée formée par leurs respirations chaudes donnait à ce jour ordinaire un zeste d'enchantement. Il n'était pas nécessaire de lui adresser la parole, les mots brisaient souvent la magie d'une première rencontre.

Ce qui rendait la collision exceptionnelle était l'inconnu et l'attente.

L'homme effleura la jeune femme de l'épaule, avant de quitter la scène. En repartant ce jour-là, il savait qu'il l'avait intriguée d'une manière ou d'une autre. Il était au fait d'usages et méthodes de séduction qui auraient pu servir le plus vilain des hommes. Ce n'était pas une question de beauté mais d'aura, pensait-il, de confiance en soi également. Si on était assez persuadé d'être séduisant, personne ne s'aventurait jamais à croire le contraire.

Lynda frissonna puis jeta un coup d'œil rapide vers ce curieux personnage qui s'en allait. Il avait cette démarche assurée sans être pressée, caractéristique des provinciaux ou des bourgeois. Autour de lui, les gens se pressaient, les marchands ambulants hurlaient et les pneus crissaient dans un joyeux tintamarre. Elle le regarda s'en aller dans le paysage parasité par la bruine légère jusqu'à ce qu'il se fasse complètement avaler par la foule. Il ne l'avait pas à proprement parler bouleversée mais il avait cet air que l'on n'oublie pas. Il semblait être un de ces hommes hors du temps que personne ne peut réellement attraper.

Puisqu'aucune fleur n'avait attiré particulièrement son attention, la jeune femme poursuivit sa route. Elle n'était pas en avance et observer ce monsieur tout-le-monde n'avait pas arrangé ses affaires.

Aujourd'hui, c'était elle qui était chargée de ravitailler son groupe de révisions en pâtisseries chaudes et sucrées. Elle s'arrêta dans un Dunkin Donut, commanda une boîte de douze et demanda qu'on retire les donuts à la cannelle. Elle était allergique à la cannelle, détail que les vendeurs oubliaient toujours, alors qu'elle venait ici tous les lundis depuis plus d'un an.

Seattle n'était pas une de ces petites bourgades du Middle West où tout le monde se connaissait. Dans cette ville, on était noyé dans la foule et on pouvait véritablement se volatiliser sans que personne ne s'en soucie jamais. C'était pour cela que ses parents avaient souhaité qu'elle trouve une colocation, pour que quelqu'un puisse s'inquiéter si jamais ses habitudes changeaient, si un soir elle ne rentrait pas.

Sa boîte de donuts chauds en main, Lynda se dirigea vers la sortie, bouscula un homme qui arrivait d'en face, s'excusa sincèrement et sortit rapidement de la boutique afin de ne pas se mettre plus en retard.

L'homme attendit patiemment son tour puis commanda deux beignets à la cannelle dans lesquels il mordit avec satisfaction sur le chemin de WSU. Lynda aimait les fleurs, détestait les beignets à la cannelle, c'était des informations cruciales. À présent, il voulait savoir où elle étudiait, dans quelles salles de classe elle se rendait, qui étaient ses amis et s'il pourrait s'en faire des ennemis. Il s'imaginait bien passer quelques jours avec elle, la sortir au restaurant et au cinéma avant de conclure. Les derniers coups avaient été trop faciles et trop rapides, et donc pas du tout intéressants.

Le campus était confortablement niché dans une mer de feuillages, il y avait de la vie à la Washington State University. Les adolescents de première année se mêlaient aux doctorants et aux maîtres de conférences. C'était un microcosme intéressant à observer où tous les individus étaient quelque part égaux dans la quête de la connaissance. Lynda, qui courait plus qu'elle ne marchait, pénétra dans le bâtiment où se trouvait la bibliothèque, laissant la porte ouverte pour l'homme qui se faufilait derrière elle.

Ce n'était pas bien difficile d'entrer dans ce bâtiment, il n'y avait aucun poste de sécurité, aucune carte d'étudiant à montrer. On pouvait aller et venir à sa guise. L'homme se cacha derrière un groupe d'étudiants au style hippie puis fit mine d'appartenir à l'endroit. Il avait récemment appris une leçon de camouflage bien utile : faire semblant consistait à ne pas faire semblant. Il fallait effectivement se plonger dans un livre et s'y intéresser.

La fille s'était installée à une table de la section « Psychologie » où étaient déjà assis deux garçons et une fille. Les garçons n'avaient pas l'air d'être intéressés par elle, leur langage corporel criait l'amitié. Ils n'étaient pas non plus très beaux ou très costauds, ils étaient simplement là. Certaines personnes existaient en tant que personnages secondaires d'une plus grande histoire et c'était le cas de ceux-là. La fille restait charmante, elle avait le teint pâle d'une madone. En retirant son manteau, elle dévoila un cou élégant orné d'un collier fin. C'était à coup sûr une belle pièce de collection et il fallait d'une manière ou d'une autre trouver le moyen de lui adresser la parole.

— Pas maintenant, pensa-t-il.

Il n'avait pas vraiment réfléchi à ce qu'il allait faire de celle-là. Il se déroba aux regards du groupe en se cachant derrière une étagère, fit mine d'observer les livres, puis s'en alla comme il était entré.

Du coin de l'œil, Lynda aperçut le trench bleu marine et l'homme lui vint à l'esprit. C'était idiot de penser à lui ainsi alors qu'ils n'avaient partagé qu'un regard. Elle étira sa nuque, jeta un dernier regard vers les portes battantes de l'entrée et replongea le nez dans son cours.

Il l'attendrait dans sa voiture. Le midi, il irait acheter son déjeuner dans ce petit restaurant japonais qui faisait des sashimis délicieux. Le restaurant donnait sur l'université, il ne pouvait pas la manquer si jamais elle sortait. Pour s'occuper, il avait avec lui ce vieux livre qui traînait dans sa voiture depuis une éternité. Peut-être appartenait-il à une de ses anciennes conquêtes. C'était un livre un peu prétentieux qu'il avait abandonné dès les premières lignes. En fait, il n'avait pas vraiment envie de lire, il ne pensait qu'à la fin de cette journée et à son déroulement.

En attendant, il y avait bien une chose qu'il pouvait faire : se mettre dans le rôle. Quel sourire adopter ? Toutes dents dehors ? Non, trop carnassier pour elle. Il devrait arborer ce petit sourire de convenance que l'on fait avec la bouche fermée. Il pourrait certainement apporter ce vieux livre avec lui pour avoir quelque chose à dire : « Excusez-moi, vous avez fait tomber ça. » Elle se retournerait, le considérerait un instant. Son inconscient la ramènerait à ce matin quand elle l'avait vu pour la première fois. « Oh… on ne s'est pas déjà croisés ? » dirait-elle. « Non je ne pense pas… Enfin, si c'était le cas, je m'en souviendrais. » Non, cela ressemblait à une réplique de sitcom. « *1984* de George Orwell ?! Non, ce n'est pas à moi mais merci ! » Elle le regarderait avec un sourire chaleureux qui l'encouragerait à continuer.

En attendant, il se trouvait toujours dans cette voiture froide, tentant de retenir les grandes lignes du bouquin simplement pour l'impressionner. La météo était mitigée, passant du soleil à la pluie au gré de ses propres émotions. Cette partie-là pouvait durer longtemps, il l'appelait « l'attente ».

*

Lynda s'était endormie sur ses notes. Au milieu des bruits de chuchotements, de pages qui tournent et de pluie battante.

— C'est fini, les révisions pour moi, mon cerveau n'enregistre plus rien ! déclara-t-elle à voix haute. C'était peut-être un aveu de faiblesse mais c'était surtout la chose raisonnable à faire. Elle avait envie d'un bon dîner et de se coucher tôt pour se préparer à recommencer encore une fois le lendemain.

Ses camarades de classe, butés, noircissaient toujours les pages de leurs fiches de révision quand elle quitta le bâtiment. Dehors, il faisait déjà nuit, les grandes avenues de l'université étaient bordées de lampadaires qui diffusaient une lumière chaude et agréable. Ces derniers temps pourtant, l'éternel calme du campus était dérangé par toutes ces rumeurs qui couraient dans les salles de classe. Ils avaient tous entendu parler de cette étudiante à peine plus jeune qu'elle qui avait été agressée et laissée pour morte. Lynda trembla en pensant à cette fameuse nuit et inconsciemment accéléra le pas. Le tueur n'avait pas encore été appréhendé, il pouvait être n'importe où.

C'est alors qu'il la vit, Blanche Neige. Elle était presque méconnaissable avec les cheveux attachés mais c'était bien elle. Il était physionomiste, surtout quand il s'agissait d'une de ses cibles.

Elle marchait vite, il se dépêcha de sortir de son véhicule, se répétant toutes les déclinaisons de scénarios qu'il avait inventés. Elle pouvait être ouverte ou froide, répondre à ses questions ou l'ignorer, enfin elle pouvait être alarmée et jurer de hurler s'il continuait à lui parler. Les femmes étaient des créatures imprévisibles, il n'avait pas choisi les meilleures proies. Aussi, les filles se méfiaient depuis la mort de Joni Lenz, il devait redoubler de prudence.

D'abord, il devait marcher vite dans sa direction, assez vite pour la bousculer et que la rencontre paraisse fortuite. Ne pas lui faire mal, simplement bouleverser sa trajectoire, faire tomber le livre et dire :

— Oh je suis vraiment désolé, je ne voulais pas vous faire de mal !

Lynda se retourna et considéra l'homme pendant quelques secondes. Son inconscient la ramena à ce matin-là, quand elle l'avait vu pour la première fois.

— Excusez-moi, vous avez fait tomber ça ! dit-il en ramassant l'exemplaire de *1984* au sol.

— Vous êtes le gars de ce matin ?

Elle avait une belle voix grave, méfiante, accusatrice. Ce n'était pas prévu.

— Nous nous sommes déjà rencontrés ? Si c'était le cas, je m'en souviendrais... répondit-il dans un sourire chaleureux.

Lynda observa encore l'inconnu pendant quelques secondes, puis n'ayant rien de plus à lui dire, s'apprêta à repartir aussi vite. L'homme renchérit :

— Je m'appelle Fred, je suis étudiant en dernière année de psycho, mais je suis nouveau, je ne connais personne ici. Est-ce que tu saurais où est la bibliothèque ? Je pensais leur ramener le bouquin au moins...

La jeune femme prit la mesure de toutes ces nouvelles informations. Ils avaient un certain nombre de choses en commun, c'était étonnant pour une première rencontre.

C'était étrange, sa manière de tout dire de lui ainsi comme s'il avait besoin de se justifier.

— C'est tout droit, vous ne pouvez pas la manquer ! fit-elle en étendant son bras devant elle.

Et voilà, c'était tout. La magie avait été brisée par les mauvais mots et l'oiseau rare était maintenant en train de s'envoler. Fred souffrait à présent d'une véritable blessure de l'ego qui n'allait pas pour autant l'empêcher de persévérer. Ce n'était pas grave après tout s'il ne pouvait pas en faire sa petite amie temporaire, il en ferait son casse-croûte.

*

— Lynda, tu rentres tard, dit Jodi. Tu n'étais quand même pas avec un petit mec dehors ?

Lynda secoua la tête en dénouant son écharpe. Elle ne comprenait pas ce besoin permanent de s'enticher d'un homme, ni les tentatives désespérées de ses amis pour la caser avec le premier abruti qui passait.

Jodi préparait ses fameuses pâtes à la napolitaine qu'il fallait déguster avec beaucoup de Tabasco, c'était le genre de plat convivial et gras qui permettait d'oublier tous ses soucis.

— Tu sais, je suis contente que tu sois rentrée ! Il y a un type louche qui tourne devant l'immeuble depuis un moment, déclara Jodi l'air inquiet.

Lynda se pencha par la fenêtre, elle ne pouvait rien voir. Néanmoins, la remarque de son ami suffit à réveiller son anxiété. Elle n'avait jamais réalisé à quel point l'atmosphère vibrante d'un lieu pouvait changer d'une minute à l'autre. Soudain, le papier peint aux motifs verts semblait différent, quelque chose avait-il bougé à l'intérieur de l'appartement ? Elle regardait certainement trop les infos depuis l'affaire Joni Lenz. C'était probablement dû à sa matière principale à l'université qui l'obligeait à se questionner sur la nature humaine.

— J'ai un mauvais pressentiment, renchérit son amie.

— Tu es en pleine psychose, ma pauvre Jodi, répondit Lynda pour calmer sa propre angoisse.

Les filles comme Joni n'avaient simplement pas de chance, la probabilité qu'elles soient les prochaines victimes n'était pas nulle mais elle restait tout de même très faible. Les deux jeunes femmes dînèrent ensemble sur le canapé, parlant fort pour tromper la peur. Noyant ses spaghettis dans du Tabasco, Lynda jeta un dernier coup d'œil à la fenêtre par laquelle on pouvait voir la neige tomber à gros flocons.

La soirée s'acheva avec plusieurs canettes de bière blonde qui les laissèrent rosies et joyeuses. Allongée dans son lit qui donnait sur la seule fenêtre de la chambre, Blanche Neige regardait le blizzard envahir le ciel. Que se passerait-il si le meurtrier apparaissait maintenant à sa fenêtre ? Elle repoussa cette idée idiote de son esprit. Néanmoins, sa quiétude était troublée. Le cœur battant,

Lynda se leva en hâte pour tirer ses rideaux quand un bruit sourd la figea dans son mouvement.

*

Il n'était pas rancunier, il avait simplement un ego bien trop développé pour accepter l'échec. L'attitude froide et distante de la jeune femme, il s'y attendait, mais à son absence de réaction, non. Elle ressemblait à une déesse grecque, imperturbable. Il se demandait ce qu'elle aurait vraiment dans le ventre face à l'angoisse. Est-ce qu'elle hurlerait comme un nouveau-né ou est-ce qu'elle maintiendrait ce regard glacial et effronté ?

Cela faisait maintenant quelques heures qu'il patientait prostré sur le petit balcon. Ses doigts de pied s'étaient transformés en glaçons. Il attendait le bon moment pour pénétrer dans l'appartement. Elles ne bloquaient pas la porte de leur balcon, pensant certainement que personne de sensé ne se risquerait à grimper jusqu'au troisième étage. Lui n'était pas comme les autres, il était Fred. Il sourit un instant en pensant à ce prénom qu'il avait sorti de son esprit par pur hasard. Maintenant qu'il y pensait, Fred était un de ses anciens amis de fac. Un véritable rat de bibliothèque qui impressionnait les filles en leur récitant des passages de *Moby Dick*, un gars un peu taré.

« Fred » prit le temps de se déchausser et de retirer sa veste avant de pénétrer dans l'appartement. Jodi s'était endormie depuis longtemps, elle se couchait à l'heure des poules et son sommeil était toujours imperturbable. Ses ronflements parvenaient aux oreilles de l'intrus. Sur chaque porte, le nom des occupants était écrit à l'aide de morceaux de papier journal, comme on l'aurait fait pour une lettre anonyme. La fille s'appelait Lynda, il avait entendu son prénom alors qu'il frissonnait sur le balcon et l'avait répété comme un leitmotiv jusqu'à ce moment.

Lynda entendit le parquet du couloir craquer. Elle était à présent certaine que quelque chose d'étrange était en train de se produire. Fallait-il se lever ou bien se cacher ? Était-ce excessif de s'inquiéter alors que le bois travaillait peut-être ? La réponse ne vint jamais à la jeune femme. Elle resta prostrée sur son lit en voyant pénétrer Fred dans la chambre. Elle se pinça pour être certaine de ne pas rêver mais ce n'était pas le cas, elle voulut hurler mais aucun son ne parvint à sortir de sa bouche.

— Je parie que tu te demandes ce que je fais là… dit l'homme.

Il y avait dans son regard une lueur de folie.

— Eh bien, je t'ai rapporté ton livre, continua-t-il.

Lynda s'agita, elle était à la fois raide comme un piquet et dégoulinante comme une glace en train de fondre. Ça n'avait jamais été son livre, elle n'avait pas eu le temps de lire depuis des mois. Le faux sourire de l'homme disparut comme s'il était animé par les gestes adroits d'un ventriloque. On aurait pu croire qu'il portait un masque.

— Tu ne m'as pas accompagné à la bibliothèque tout à l'heure... chuchota l'homme. Du coup, je n'ai pas pu m'y rendre...

Lynda bégaya, s'excusa. C'était ce qu'il voulait voir, il voulait qu'elle se rabaisse à sa simple qualité d'être humain qui sue, rote et défèque. Il voulait qu'elle le supplie, qu'elle se perde en explications, constater la totale confusion de son esprit. C'est ce qu'elle fit d'abord, puis ses yeux bleus prirent une étincelle nouvelle et elle commença à hurler et à le repousser de ses pieds nus.

Son amie pouvait se réveiller, quelqu'un d'autre pouvait débarquer. Il n'avait pas suffisamment étudié la situation pour savoir s'il se mettait en danger ou non. Il sortit de derrière son dos la masse qu'il avait gardée cachée jusque-là et l'abattit au hasard, suffisamment fort pour qu'elle se calme. Le premier coup envoya valser la tête de la jeune femme si bien qu'elle parut clignoter comme une ampoule défectueuse. Elle retomba sur son oreiller sans un mot. L'homme s'approcha de son corps et la secoua quelques secondes. Pendant plusieurs minutes, elle ne réagit plus, et puis au moment où il s'y attendait le moins, elle sembla reprendre conscience.

L'oreille encore brûlante, Lynda se mit à agiter les pieds frénétiquement. Il était hors de question qu'elle abandonne si facilement, elle devait au moins lutter. Elle repoussa l'homme, tenta de quitter la pièce et esquiva plusieurs coups jusqu'au bord de l'épuisement. Il semblait aimer ce qu'il voyait. Il appréciait la lutte, la peur qu'il lisait dans ses yeux. Il était indifférent à ses insultes comme conscient de l'issue ultime.

Jodi ne se réveillait pas.

Le deuxième coup porté à la tête plongea Lynda dans l'inconscience. Elle ne sentit pas le troisième coup, ni le quatrième, ni tous les autres coups qui s'abattaient violemment sur son corps frêle. De son nez commençait à s'écouler un filet de sang qui glissa avec fluidité sur sa peau blanche jusqu'à aller teinter ses lèvres.

Ted posa délicatement la masse sur le sol. Tendant l'oreille vers le mur creux, il constata que la fille d'à côté dormait toujours à poings fermés. Quelle mauvaise amie elle faisait.

Il ouvrit la fenêtre pour laisser pénétrer l'air frais. En observant le corps inerte de sa Blanche Neige, il secoua la tête l'air tout à fait déçu. Cela aurait pu se passer autrement si seulement elle avait accepté son invitation.

C'est Jodi qui, la première, réalisa que son amie avait disparu et remarqua les traces de sang sur l'encolure de sa chemise de nuit. Elle pensa immédiatement à Joni, à ce meurtrier qui rôdait sur le campus et fut prise d'effroi.

Rien n'avait bougé, toutes ses affaires étaient bien là. Il manquait simplement Lynda.

Le 31 janvier 1974, Ted Bundy assassine Lynda Ann Healy, une étudiante de 21 ans. Quelques semaines plus tôt, il avait violemment agressé Joni Lenz (pseudonyme), l'adolescente de 18 ans avait été laissée pour morte dans sa chambre.

Le corps de Lynda ne sera retrouvé que le 3 mars 1975, soit un peu plus d'un an après sa mort. Le tueur en série n'avouera son meurtre qu'à la veille de son exécution en 1989.

Ted Bundy pourrait avoir fait plus de cent victimes.

Un cercueil sous le lit

L'affaire Colleen Stan

Red Bluff (Californie, États-Unis), printemps 1977. Dans une petite maison très ordinaire. Dans la chambre, sous le lit conjugal, une étrange boîte en bois…

Depuis qu'il est sorti de sa grotte pour explorer le monde et sa conscience, l'homme rêve de pouvoir contrôler le temps. En 1977, j'ai appris comment ralentir sa course.

Oui, il est possible de ralentir le temps. Après cela, les secondes se fondent ensemble, vous obligeant à ressentir douloureusement chaque battement de votre cœur, chaque pore respirant de votre peau. Mon secret n'a rien de bien glorieux, il se présente sous la forme d'une boîte que nous appellerons « le cercueil », puisqu'elle m'a tuée. J'écris d'outre-tombe, depuis l'engin de torture inventé par l'homme qui me garde captive depuis mai 1977.

Réveille-toi, endors-toi, méfie-toi, sois sur tes gardes. Le ventre se tord parfois de douleur à l'approche des pas qui semblent chacun durer une éternité, anticipant le premier coup de pied qui coupera le souffle.

La plupart du temps néanmoins, K. cogite, K. rumine. K. questionne l'enchaînement de circonstances qui l'ont menée à l'instant T où l'urine brûlante, ne pouvant plus être contenue, lui coule entre les jambes.

*

Dans les années 1970, la télévision ne diffusait que trois chaînes. Je me souviens de ma mère pleurant quand Virginia Wade a gagné Wimbledon et de ma mère pleurant quand Elvis est mort. Je me souviens de la démission de Richard Nixon. C'était, pour une génération naïve, la mise en lumière de toute la corruption existant dans le monde politique.

Aussi, dans les années 1970, faire de l'auto-stop était soudainement devenu dangereux. Partout à travers les États-Unis, des jeunes femmes disparaissaient. Ainsi, au journal de 20 heures, nous découvrions régulièrement un nouveau visage à l'air familier, poupin. Elles auraient pu être n'importe qui.

— Tu ferais mieux de prendre le bus plus souvent Coco, je n'aime pas te savoir sur les routes par les temps qui courent… me disait alors mon père, sans lever les yeux de l'écran de télévision.

Je lui répondais immanquablement par un grognement, signifiant que le conseil avait été entendu mais qu'il ne serait peut-être pas pris en compte. Le climat d'insécurité était grandissant.
Pour moi, la décennie marqua définitivement la fin de l'innocence.

*

Je ressens ce jour de mai 1977 bien plus que je ne m'en souviens, il faisait affreusement chaud. Aux infos, ils parlaient de la vague de chaleur qui s'abattait sur la Californie et des précautions à prendre pour ne pas finir carbonisés. J'avais 20 ans, j'étais jeune, je ne pouvais pas finir carbonisée.

En cette journée ordinaire, j'avais décidé d'aller à l'encontre de tous les conseils donnés par mon père. Invitée à l'anniversaire d'un bon ami, je souhaitais à tout prix m'y rendre afin d'échapper à la monotonie de ces jours de printemps. Je comptais emprunter mon moyen de locomotion préféré : l'auto-stop.

Nous avions à cette époque-là une plus grande confiance en l'être humain. Le terme « tueur en série » venait tout juste de nous être présenté et tout ce concept nous semblait exagéré, loin de nos réalités paisibles – la faute à pas de chance.

Il n'était pas difficile de se faire transporter d'un point à un autre quand on était une jeune femme. Au bord de la route numéro 5 vers Red Bluff, sous un soleil peu clément, j'ai décliné plusieurs propositions d'hommes un peu louches ou alcoolisés. Les yeux plissés, j'observais la route, défaitiste. Je devais partir dans la demi-heure si je voulais avoir une chance d'arriver à l'heure. Sur ma montre, l'aiguille des secondes emportait toutes les autres dans sa course folle et au loin, comme un mirage, un véhicule bleu semblait se rapprocher.

À environ 150 miles de l'endroit où je me trouvais, un grand nombre de jeunes filles avaient commencé à disparaître au début de la décennie. Toutes des autostoppeuses. Les plus jeunes étaient des collégiennes : Maureen Louise Sterling, 12 ans, et Yvonne Lisa Weber, 13 ans. Leurs corps avaient été retrouvés le 28 décembre 1972 au bord d'une route, elles avaient été abandonnées là comme de vulgaires sacs-poubelle. J'avais passé des nuits entières à imaginer le visage de leur agresseur, leurs derniers instants et leurs cris désespérés.

Cette pensée m'étreignit à nouveau alors que la voiture, une Dutch bleue, se déportait sur le bas-côté, comme je l'avais prévu. L'air peu commode, je me suis dirigée vers le véhicule, prête à refuser la course même si cela devait me mettre en retard. En baissant les yeux, je suis tombée nez à nez avec un nourrisson endormi. Il était sur les genoux d'une jeune fille qui m'a souri timidement.

Le conducteur que je n'avais pas pu apercevoir jusque-là s'est alors penché vers moi :

— Vous allez dans quelle direction ?

— Westwood !

— Nous allons justement au même endroit ! déclara-t-il avec un entrain peu commun.

Nous allions dans la même direction. C'était génial. Néanmoins, je n'arrivais pas à balayer les images horribles qui venaient tourmenter mon esprit. En apercevant mon reflet dans le miroir oxydé du rétroviseur, je ressentis dans le bourdonnement régulier du moteur qu'une chose se jouait, quelque part, sans que je puisse intervenir de quelque manière que ce soit.

Finalement, parce que j'étais déjà en retard, j'ai pris mon courage à deux mains et j'ai grimpé dans la voiture.

*

Assise sur la banquette arrière, je n'ai pas essayé de faire la conversation.

Ni l'homme ni la fille ne m'ont posé davantage de questions, ils parlaient entre eux comme si je n'existais pas.

— Nous devrions peut-être quitter la 5, non ?

— Non… On est sur le bon chemin.

Étaient-ils en couple ? On aurait pu penser qu'ils avaient un lien de parenté. L'homme parlait comme un grand frère tyrannique et agacé.

— Je crois qu'on est sur le bon chemin, confirmai-je.

La fille s'est retournée et m'a souri, d'un sourire trop bref cependant pour qu'il soit sincère. L'autoradio jouait des vieilleries des années 1930. Pour tromper l'ennui, j'ai parcouru la sélection de magazines qui se trouvaient près de moi sur la banquette arrière. J'ai attrapé un numéro de *Life* en pensant qu'ils avaient peut-être l'habitude de transporter des voyageurs.

Finalement, l'homme a fini par briser le silence :

— On va bientôt s'arrêter pour se dégourdir un peu les jambes, ça ne te dérange pas ?

Je me suis raidie sur mon siège, mais après tout, c'était leur voiture. J'ai affirmé que cela ne me dérangeait pas. Nous avons dépassé une première station-service, puis une deuxième sans s'arrêter, ce qui m'a semblé étrange. Finalement, la voiture s'est déportée sur le bas-côté dans une zone boisée à l'abri du soleil. C'était donc cela qu'ils recherchaient : un peu de fraîcheur. C'était vrai qu'il faisait particulièrement chaud et ce même en roulant avec les vitres ouvertes.

La fille est sortie de la voiture, voulant apparemment donner le sein à son bébé. L'homme, lui, n'a pas quitté son poste et a gardé les mains agrippées au volant. Cela m'a paru bizarre, si quelqu'un devait se dégourdir les jambes, c'était bien le conducteur…

J'ai ignoré le caractère étrange de la situation et me suis forcée à lire mon magazine. Je voulais avoir l'air investi pour qu'il n'ose pas me faire de propositions indécentes.

Il n'a rien dit, il s'est simplement tourné une première fois vers moi, le visage suant. Il m'a considérée un instant puis il s'est retourné pour regarder sa femme dehors. Je n'ai pas levé la tête, alors il a repris son manège. J'avais envie de demander « Quelque chose ne va pas ? » mais j'étais bien trop occupée à faire semblant de lire. Mes tempes battaient à tout rompre.

Finalement, l'homme s'est penché vers moi comme s'il voulait attraper un des magazines sur la banquette arrière.

— Vous voulez que je vous donne la pile ? ai-je commencé, mais je n'ai pas eu le temps de finir ma phrase, il a plongé sur moi tête la première.

D'abord, j'ai hurlé pour alerter la fille à l'extérieur de la voiture. Je me suis époumonée pendant plusieurs minutes, il était impossible qu'elle ne m'entende pas. Quand elle a finalement posé un regard distrait sur nous, j'ai compris qu'elle ne me serait d'aucune aide.

— Maintenant, si tu bouges, tu meurs, et si tu continues à hurler, tu meurs. N'espère pas fuir non plus, tu es au milieu de nulle part.

L'homme était allongé de tout son poids sur mon corps frêle et menaçait de m'étouffer. J'ai acquiescé d'un mouvement rapide de la tête, simplement pour pouvoir reprendre une inspiration.

Il n'avait pourtant pas le physique d'un agresseur, ses lunettes vissées sur son nez lui donnaient plutôt un air de premier de la classe. Il ressemblait à tous ces gamins rejetés dans la cour de l'école qui mangent seuls à la cantine. Parfois, on les provoque tellement qu'ils éclatent d'une colère qu'on n'aurait jamais pu soupçonner chez eux, tant ils paraissent fragiles et résignés.

Nous avons repris la route, j'étais confuse et paniquée. Le duo m'a fait un exposé rapide de la situation : j'étais devenue la proie d'un trafiquant sexuel appartenant au plus grand réseau des États-Unis, « la Compagnie ». Ils pratiquaient des rituels occultes, utilisaient des méthodes sophistiquées pour garder le contrôle sur leurs victimes.

— Finalement, dit l'homme. Tu n'es pas tombée sur les pires d'entre nous…

Le cœur battant, je l'écoutais me décrire toutes les tortures qui seraient infligées à mes proches si je cherchais à me rebeller. J'étais pétrie d'angoisse, imaginant mon pauvre corps meurtri au fond du plus profond des trous, seul.

J'étais à présent une marchandise. D'ailleurs, ils n'avaient pas besoin de connaître mon prénom, ils m'appelleraient K.

*

Je ne sais pas bien distinguer les journées des soirées. Je déduis le temps qui passe des bruits que je peux percevoir, de la lumière qui filtre jusqu'à moi. Je vis sans repères, dépendante de ma propre horloge interne. La pensée qui me vient le plus souvent est : « Oh génial, pour le moment, tu n'es pas morte ! Et tant qu'il y a de la vie, il y a de l'espoir. » La minute d'après, je fonds en larmes, en silence, pour que personne ne m'entende. Je me dis alors : « Mais non, t'es foutue, personne ne sait où tu es, pas même toi. »

J'imagine que dehors, quelqu'un s'est inquiété de ne pas me voir revenir, qu'on organise des battues pour me retrouver. J'imagine que j'ai encore une chance et que la police est à leurs trousses. Parfois, je pense : « Tu es bête, tu aurais dû écouter Papa. » Et puis soudain, je vois le visage de mon père dans le noir. J'imagine qu'il me serre dans ses bras et que tout va mieux. Lui, il n'abandonnera pas, il n'arrêtera jamais de me chercher.

Quand vous êtes allongé dans une boîte sombre plus de vingt heures par jour, quand vos mouvements sont ainsi restreints, vous n'avez que la possibilité de penser. J'ai d'abord dû m'assurer que je n'étais pas morte et enterrée en me pinçant violemment le bras.

Après cela, j'ai fait le film de ma disparition encore et encore. Je me mordais les joues de colère en pensant : « Tu aurais pu essayer d'ouvrir cette portière. » Cette portière a longtemps hanté mes cauchemars. Je me voyais appuyer dessus et rouler hors de la voiture, me réveillant habituellement quand mon épaule touchait le bitume.

Aujourd'hui est un autre jour allongée dans le noir, il fait chaud et j'ai soif, mais je dois rester silencieuse et me faire oublier. Je pense qu'au fond d'eux, ils ne veulent pas se souvenir de mon existence… Alors je me questionne : « Est-ce que je suis destinée à mourir dans cette boîte ? » Je suis peut-être le sujet d'expérimentation d'un couple sadique. Alors je resterai là jusqu'à devenir le plus docile des esclaves.

J'ai compté quatre nuits depuis mon arrivée ici. Si quatre nuits me paraissent déjà une éternité, je me demande dans combien de temps je deviendrai folle. Il y a bien un moment où je n'aurai plus envie d'exister et où, dans l'impossibilité d'en finir avec la vie, mon esprit finira ailleurs. La lumière filtre parfois à travers les lattes du bois, une brise légère parvenant du ventilateur me permet de ne pas étouffer complètement. J'aimerais me retourner pour apaiser la pointe douloureuse dans mon dos mais je n'ai pas l'espace suffisant, alors je pleure. À la moindre pensée négative, je fonds en larmes, sans essuyer les gouttes salées qui perlent sur mon visage. Je les laisse m'inonder, me purger de mon angoisse et de ma peur, et enfin je m'endors.

*

Ce soir-là, il m'extrait de la boîte pour la première fois. Son visage ne m'est pas plus agréable que la première fois que je l'ai vu. Je me demande ce qu'il veut de moi. La fille est dans un coin de la pièce, j'essaye d'accrocher son regard en quête d'une once d'humanité ou de solidarité, qu'elle ne m'accorde pas. Au moins, je ne mourrai pas, pas tout de suite.

— Est-ce que tu m'aimes ? dit l'homme, les doigts sur mon menton.

Il n'y a chez cet homme pas grand-chose à aimer. Comme sourde à sa question, je reste muette. Dans cette robe de chambre bon marché que je porte, il est impossible de dissimuler la moindre courbe. L'odeur de sa transpiration me parvient par vagues, acides et âcres. Par sa respiration rapide et bruyante, par ses mains calleuses qu'il déplace de manière hasardeuse sur mon corps, je comprends qu'il cherche certainement à opérer une sorte de parade nuptiale qui ne prend pas sur moi. Tout en le laissant faire, je reste crispée. Il retire alors mon seul vêtement et son râle devient plus intense.

Mon grand-père avait lui aussi les mains chaudes et calleuses, des mains de jardinier réconfortantes. La superposition de ces deux réalités engendre une forte dissonance, une perturbation de ma mer intérieure qu'il est impossible d'apaiser. De toute manière, le corps qu'il caresse, le cou qu'il embrasse de ses joues râpeuses ne sont déjà plus miens. Ils appartiennent à K. Suis-je une martyre ? Aurais-je le droit de me faire canoniser ? Sainte Colleen d'Eugene.

J'ai un instant l'envie de me débattre, mais redoutant les coups, je réprime mes mouvements. Bien plus grand et massif que moi, il me domine et dispose de moi comme il le veut. Il pourrait me tuer d'une gifle – il ne faut pas jouer avec le feu. Il se montre mielleux, gentil, me contraignant presque à oublier notre hiérarchie. Je dois toucher, avaler, apprécier, dire « Je t'aime ». Malgré cela, je ne suis déjà plus là, je ne vois plus, je me surprends à jouer la comédie car j'ai envie de rester en vie. Je reviens dans mon corps après que l'homme a lâché son dernier gémissement de plaisir. Pendant des heures après cela, sur ce matelas à eau inconfortable, il me parle de la pluie et du beau temps tandis que je lutte intérieurement pour ne pas vomir.

Je comprends à quoi mes quatre heures de liberté quotidiennes seront consacrées : manger et accepter les assauts de mon kidnappeur.

— Si tu fais ce qu'on te dit de faire, il ne t'arrivera rien. Il faudrait que tu fasses un peu la cuisine, le ménage, que tu t'occupes du bébé et d'autres choses…

« D'autres choses » comme ce que nous venions de faire. Accepter qu'il me caresse, me forcer à le toucher, me forcer à sourire. Il existait donc un sort pire que la mort.

À cet instant, j'ai réalisé que je devais me sauver moi-même ou je mourrais. J'étais certaine de mourir. Il n'y avait pas d'issue.

Mais j'ai survécu.

---

19 mai 1977 : c'est une journée ordinaire pour Colleen Stan, 20 ans, qui décide de faire du stop pour se rendre à l'anniversaire d'un ami. En montant dans la voiture d'un jeune couple, elle ne sait pas que cette décision impactera le reste de sa vie.

Cameron Hooker et sa femme Janice la garderont captive pendant sept ans. Par périodes, Colleen passait vingt-trois heures par jour enfermée dans une boîte sous le lit du couple, sortant seulement pour manger. Au quotidien, la jeune femme s'occupait des enfants du couple et leur servait d'esclave sexuelle.

Ils feront de sa vie un enfer jusqu'en 1984. Cette année-là, Janice, tourmentée par ses mauvaises actions, révèle à Colleen que « la Compagnie » n'existe pas. Elle prétend également avoir été manipulée par Cameron et donne à la jeune femme la possibilité de s'échapper – ce qu'elle fait.

Lors du procès, Janice Hooker témoigne contre son mari afin d'obtenir l'immunité totale. Cameron Hooker écopera d'une peine de cent quatre ans pour agression sexuelle, enlèvement et séquestration.

Le cannibale japonais

Le cas Issei Sagawa

Paris, printemps 1981. Dans un studio d'étudiant du 10 rue Erlinger, dans le XVIe arrondissement. L'endroit est meublé de façon sommaire : un bureau, une chaise, et un lit juste à côté.

Pendant plusieurs jours après son décès, j'ai cru voir des esprits danser au-dessus de mon lit. Il n'y en avait pas un, ni deux, ni trois... ils étaient si nombreux que je ne pouvais pas les compter. Ils prenaient un malin plaisir à me tourmenter, à me dévoiler leurs canines. C'était l'essence même de leur existence, ou de leur non-existence : venir troubler la quiétude des humains. Ils m'accompagnaient nuit et jour. C'était un huis clos sans fin.

D'abord, je les ai craints, puis j'ai réalisé qu'il ne fallait pas en avoir peur mais en avoir pitié. Comment ne pas avoir pitié de ces spectres qui passaient l'éternité à accomplir un dessein qui ne les servait jamais directement ? Ils servaient un maître invisible, totalement inconscients de leur propre existence.

Alors, le matin du troisième jour, je les ai chassés, je leur ai dit : « Vous ne me faites plus peur. Vous perdez votre temps avec moi. » Ils ont persévéré jusqu'au quatrième jour. Ils s'agitaient, changés en chimères terrifiantes et je restais allongé à les observer comme j'aurais observé un spectacle de marionnettes. Certains étaient grands, d'autres petits, prenant l'apparence des plus hideuses créatures célestes. Je n'ai jamais flanché ni levé un sourcil même quand ils s'approchaient de moi en pleine nuit pour s'emparer de mon âme.

Un jour, comprenant que leur ballet n'avait plus d'emprise sur moi, ils sont partis. Peut-être ont-ils eu peur. Je n'avais pas besoin des leçons de ces esprits du jugement dernier. J'étais déjà profondément au fait de l'immoralité de mon acte, mais simplement à l'aise avec celui-ci. En revanche, je serais peut-être mort instantanément si j'avais vu le fantôme de Renée.

*

Le « r » néerlandais avait toujours été difficile à prononcer pour moi, le petit Japonais. Il n'était pas plaisant à l'oreille, ressemblait au bruit d'un crachat. Peut-être était-ce ma manière à moi de le prononcer ? Je disais « Rrrenée ». Bien sûr, je n'avais pas osé lui demander son prénom. C'est un de nos professeurs qui l'a prononcé quand il a fait l'appel. « Renée Hartevelt », cela sonnait tout de même bien, presque aristocratique. Issei Sagawa, mon nom, était lui tout à fait ordinaire. Il n'accrochait pas la gorge, facilement prononcé et facilement oublié.

La première fois que j'ai aperçu Renée, je l'ai longuement observée. Elle était jolie, sans paraître prétentieuse. Grande, plus que moi, bien qu'il ne soit pas difficile de l'être. La peau blanche, la belle attitude occidentale. Quand je parle de la belle attitude occidentale, je veux dire cet air ouvert à la discussion, ces yeux qui parcourent la salle et s'accrochent à d'autres avec un sourire. Tous les Européens que j'avais rencontrés étaient ainsi, ils ne s'embarrassaient pas de courbettes. Les professeurs pouvaient aussi être des amis, et en dehors de l'université les êtres humains qu'ils étaient. J'ai pensé : « Elle a l'air sympathique, nous pourrions devenir amis. » C'était bien le hasard qui avait fait les choses, je ne l'avais pas traquée, elle s'était simplement présentée à moi dans cette salle de classe. Elle était là et elle avait l'air gentil, alors elle m'a plu. Moi, je ne savais pas si je lui avais plu mais elle m'écoutait avec attention quand je parlais. Finalement, je n'ai jamais su si je l'intriguais déjà ou si elle essayait de se concentrer pour comprendre mon français approximatif.

Au début, je ne la voyais qu'une fois par semaine, il fallait être stratège. Au deuxième cours, j'ai essayé de relever des points intéressants concernant nos dernières lectures, je voulais qu'elle se dise : « Son esprit fonctionne bien, il y a quelque chose chez cet homme... » J'avais toujours fonctionné ainsi. Quand je devais séduire, mon apparence ne m'aidait que très peu. J'étais plus petit que la plupart des femmes, même des Japonaises qui étaient déjà plus petites que la plupart des femmes. Globalement assez maigre, les cheveux fins, le teint pâle et une dentition qui laissait à désirer. Finalement, je ne brillais que d'intelligence. Lors des cours de littérature, je parlais, elle répondait et je continuais. Parfois, nous étions les seuls à proposer des théories intéressantes, ce qui nous liait d'une certaine manière. Dans ces moments-là, personne n'existait plus autour de nous et je devais parfois me contenir pour ne pas paraître prétentieux auprès des autres élèves. J'appelais cela « notre symphonie ». C'était notre musique invisible.

J'étais peut-être amoureux ; Renée était elle, tout simplement. Elle m'appréciait bien en tant que camarade, avait certainement de l'affection pour moi, mais je crois qu'elle n'a jamais rien envisagé de plus. Au fond de moi, j'étais heureux de l'aimer, je me fichais bien que cela soit réciproque. Dans mon esprit, nous vivions de folles aventures : je la regardais dormir, je la réveillais d'un bisou sur l'épaule, je l'emmenais au cinéma, et puis au restaurant. Notre histoire existait dans une dimension que ni elle ni moi ne pouvions atteindre. Dans ces rêves, je lui faisais parfois l'amour passionnément, j'étais soudain un homme grand et costaud et pour me remercier, elle me mordait. Elle me mordait si fort que je finissais par saigner sur les draps blancs. J'étais après tout un homme comme tous les autres.

*

À l'automne 1980, j'avais rassemblé tout le courage nécessaire pour l'inviter à sortir un après-midi. L'après-midi était moins ambiguë que le soir. J'avais compris que certaines filles préféraient sortir le jour pour voir clair dans les jeux des garçons. Nous étions à présent assez proches l'un de l'autre pour que cela paraisse naturel. Nous étions proches mais elle ne m'aimait pas. J'avais à plusieurs reprises eu envie de la mordre. Je voulais être avec elle uni dans le lien le plus intime, la manger. La proposition devait se faire après notre cours en commun. J'avais réfléchi aux mots à utiliser pour qu'elle ne prenne pas peur et qu'elle ne s'imagine pas que je l'aime – même si je l'aimais. Ce n'était pas grave si nous nous voyions en tant qu'amis, j'avais simplement besoin d'un peu de temps seul avec elle. Il me fallait l'apprivoiser, la comprendre.

Mais ce jour-là, quand elle est rentrée dans la salle de classe, elle n'était pas comme d'habitude. Un peu sur la réserve, participant moins. Elle ne m'avait pas regardé ni dit bonjour. Elle devait simplement être de mauvaise humeur, mais ce changement d'attitude m'a profondément découragé. Alors, j'ai renoncé.

Juste avant la fin du cours, il avait commencé à pleuvoir. De grosses gouttes de pluie venaient frapper les carreaux, Renée s'intéressait davantage aux éléments qui se déchaînaient à l'extérieur qu'au cours. Moi, parfois, je la regardais, je remarquais la courbe de sa poitrine sous son pull et j'avais soudain quelques difficultés à déglutir.

Le cours s'est terminé et nous devions tous nous séparer. Un garçon de notre groupe d'amis est allé s'enquérir de l'état de Renée. Soudain, j'étais en colère et un peu jaloux, j'aurais aimé avoir eu cette idée avant lui. J'étais particulièrement énervé car c'était lui aussi un étudiant asiatique. Finalement, il est revenu en traînant la belle derrière lui. J'ai encore une fois essayé d'avaler ma salive mais c'était difficile en sa présence. Le garçon a dit : « Ça vous dit, un petit pot pour remonter le moral à Renée ? », avec un fort accent chinois. On sentait qu'il n'avait pas l'habitude d'utiliser ce genre d'expressions et qu'il voulait simplement frimer. J'avais acquiescé, les autres également et nous avions ensemble quitté la salle de cours.

La soirée s'était étirée jusque tard dans la nuit. Tout le monde discutait, moi parfois je ne comprenais rien et je me disais : « Mon niveau de français est-il si médiocre que cela ? » Le garçon chinois m'impressionnait. Pour participer à la conversation, j'ai décidé de leur apprendre quelques mots de japonais. Ils étaient particulièrement friands des termes intraduisibles en français, qui exprimaient tout un monde en quelques syllabes.

— *Komorebi* : ce mot désigne la lumière qui filtre à travers le feuillage d'un arbre.

— C'est beau, a dit Renée, la tête appuyée sur son avant-bras.

Elle était peut-être un peu saoule. En tout cas, elle m'a souri et je lui ai rendu son sourire. Ce soir-là, nous avons tous échangé nos contacts, adresses et numéros de téléphone. C'était peut-être un moyen de sceller notre amitié. Pour moi, c'était surtout un moyen d'inviter Renée en privé sans craindre une humiliation publique.

*

Quand le printemps 1981 arriva, j'attendais chaque jour avec impatience le moment où je pourrais me poser dans un parc pour observer toutes les belles plantes. C'était une avalanche de décolletés et de jambes blanches, laiteuses, élancées. Elles étaient toutes délicieuses à leur manière mais Renée certainement davantage.

Notre relation avait bien évolué depuis notre rencontre, différemment de ce que j'espérais mais assez bien pour que je puisse la rencontrer en privé. Mon amie se passionnait pour la culture japonaise et ses poèmes. Cela m'enchantait. Elle m'avait d'abord demandé quels étaient mes haïkus préférés mais je n'avais pas su lui répondre sur le moment. À la place, je l'avais invitée à venir chez moi pour boire un thé et parler de poésie. Je possédais quelques ouvrages intéressants sur le sujet. C'était le genre de choses que les femmes littéraires appréciaient, elle avait immédiatement accepté.

Ce qui m'avait le plus surpris quand elle était entrée dans mon appartement était la place qu'elle y occupait. De par sa grandeur, de par son aura, elle mangeait le moindre kilomètre carré et illuminait la pièce. Elle s'était assise en face de moi, sur mon lit. J'avais pensé un instant « C'est un peu inapproprié pour des amis » et la pensée n'avait pas cessé de m'obséder. Alors qu'elle récitait des poèmes traditionnels dans un japonais tremblotant, je ne faisais que l'observer. J'imaginais sa bouche sur ma peau et la mienne sur la sienne. Parfois, elle m'interrompait et me disait en riant : « Oh, je prononce ça très mal ! », de son fort accent néerlandais. Parfois, mes yeux glissaient sur ses seins, fermes. J'aurais voulu les mâcher, tester leur fermeté sous ma dent. C'était ainsi que je voulais posséder Renée.

La pensée a fini par m'obséder au point que je ne pouvais plus dormir tranquillement. Mes rêves étaient peuplés d'orgies finissant dans des bains de sang. Je me réveillais en sueur et j'étais ensuite incapable de me rendormir. Je n'intervenais plus en cours, je l'observais onduler avec grâce, s'agiter au vent, rire à pleines dents. Je rêvais de l'embrasser et de faire saigner ses lèvres, je rêvais de la pénétrer jusqu'à la détruire. Ce n'était que comme cela que je voulais Renée – peu m'importait si elle m'aimait ou non.

La jeune femme s'était faite à moi. Nous étions assez proches l'un de l'autre pour qu'elle n'ait plus à jouer un rôle, mais pas assez proches pour que j'arrête de la désirer. Nos rendez-vous haïkus étaient devenus quotidiens mais de haïkus ils ne portaient plus que le nom. Parfois, nous parlions simplement de nos deux cultures et riions de leurs différences ; d'autres fois, nous évoquions notre mal du pays et notre envie de rentrer chez nous.

Plus Renée parlait, plus je souhaitais la posséder.

*

— Veux-tu venir chez moi demain ? Nous pourrions peut-être travailler sur le devoir de littérature ensemble ! lui avais-je demandé un jour de juin après un cours.

Nous avions maintenant l'habitude de nous retrouver chez elle ou chez moi comme le font des amis.

— Oh, mais demain soir, c'est jeudi ?… Je ne sais pas, je t'appelle ce soir pour te confirmer ça.

Renée avait presque refusé. Si elle l'avait fait, j'aurais peut-être renoncé tout à fait. Le soir même, elle m'avait appelé enthousiaste pour me confirmer son arrivée.

C'était le 11 juin 1981. Il faisait chaud, bien loin des vagues de chaleur japonaises mais mon appartement commençait à devenir un petit four. Le soir, j'ouvrais les fenêtres pour aérer et renouveler l'air dans la pièce. J'avais acheté une arme à feu, un 22 long rifle que j'avais placé sous un coussin. C'était une soirée ordinaire.

J'aimais Renée plus que tout, c'était un amour presque douloureux comme un pic de jouissance qui ne s'arrêtait jamais. Pour pouvoir dormir la nuit, j'avais besoin de la posséder entièrement. N'était-ce pas ça l'amour ?

Mon amie est arrivée un peu après l'heure fixée comme à son habitude. Elle a pénétré dans la pièce et a envahi l'espace de son doux parfum.

— Ça a été, ta journée ? Il commence à faire chaud, n'est-ce pas ? avait-elle demandé en pointant le menton vers la fenêtre.

— Oh moi, j'ai l'habitude, et finalement, c'est appréciable que le temps se radoucisse.

Elle a retiré son châle et s'est installée à mon bureau. Elle n'avait pas envie de faire ce devoir, moi non plus, mais il le fallait.

— De toute façon, ce sera rapide ! s'exclama-t-elle.

Elle semblait plus pressée que d'habitude, plus apprêtée également. J'ai senti mon cœur couler. Était-il possible qu'elle ait prévu un rendez-vous galant plus tard dans la soirée ? Non. Cette robe était certainement une coquetterie d'été.

— Tu commences ? lui ai-je demandé, apaisé.

J'étais assis sur le lit, près de l'arme à feu et elle était installée sur une chaise, dos à moi. Elle a appuyé sur le bouton « record » de son magnétophone et a commencé à réciter un poème en allemand. C'était beau d'entendre sa voix, de pouvoir l'observer sans qu'elle le sache. Je ne voulais pas que ce moment s'arrête, mais les préliminaires duraient depuis bien trop longtemps.

Mon impatience m'a poussé à me mettre en action. J'ai attendu qu'elle commence un nouveau vers puis j'ai attrapé la carabine qui était jusque-là dissimulée. Ensuite, je n'ai eu qu'à viser sa tête. J'ai hésité pendant un instant, pas longtemps, quelques secondes peut-être, puis j'ai tiré. Cela s'est littéralement passé ainsi, ça n'a pas été dramatique, il n'y a pas eu de grandes hésitations. Après avoir été touchée, elle a continué à parler une demi-seconde ce qui était très étrange. Son esprit était là tout en étant parti. Enfin, son corps s'est affaissé avant de tomber au sol. Ce basculement était étrange, inattendu… Je suis resté quelques minutes sur le lit, les genoux ramenés sur ma poitrine. Je pensais au fait que plus jamais je n'entendrai la voix de Renée. Elle était véritablement gentille.

Finalement, quand le sang a commencé à se répandre sur le sol, j'ai décidé de me faire violence. Je n'osais pas la toucher, j'ai pensé qu'il fallait peut-être demander la permission à son fantôme. Pendant quelques heures, je l'ai observée, je l'ai retournée sans toucher à ses vêtements et j'ai caressé son visage.

— Tu es belle, ai-je dit à haute voix. Je t'aime.

C'était ma déclaration. Ensuite, je me suis allongé près de son corps blanc. Déçu de la froide étreinte avec ce cadavre, j'ai décidé de rejoindre mon lit pour réfléchir à la suite des évènements.

Au milieu de la nuit, ne pouvant pas dormir, j'ai décidé de la déshabiller. Pendant longtemps, j'ai observé ses grains de beauté, ses cicatrices. Elle ne se ressemblait déjà plus. C'est certainement ce détail qui m'a donné le courage d'approcher ma bouche de son corps. J'ai mordu dans sa cuisse et l'excitation est revenue. Cette fois, c'était bien comme je l'avais imaginé. Elle avait certainement pris une douche avant de venir, elle sentait bon. J'ai pris quelques photos du corps dans toutes les positions. J'ai observé ses parties intimes plus foncées que le reste de son corps. Sa bouche, ses fesses. C'était agréable d'avoir le contrôle total sur ce corps qui m'avait tant fait rêver.

Plus tard, j'ai commencé à découper des parties du corps, par curiosité. C'était rouge, sanglant. Il y avait de la graisse, du muscle. C'était comme à la boucherie, rien d'extraordinaire. On aurait pu penser que, dans les corps de ces gens beaux et gracieux coulaient du miel et du lait. J'avais toujours en moi le désir ardent d'avaler une partie de Renée mais il fallait que je fasse vite avant que la viande ne pourrisse. Minutieusement, j'ai découpé, emballé, réfrigéré. C'était une activité intéressante que d'avoir accès à une partie de quelqu'un, ignorée par ce quelqu'un. Renée savait-elle à quel point son sang était rouge et épais ? L'opération me prit quelques heures mais à la fin, j'avais assez de viande dans mon réfrigérateur pour qu'elle m'accompagne pendant plusieurs jours ou peut-être mois. Enfin, nous serions ensemble pour toujours.

Le premier morceau d'elle dans lequel j'ai mordu était cru et sanglant. Je n'ai pas su me contrôler, c'était le bon moment, je le sentais. Il n'était ni bon ni mauvais, j'étais certain de toute manière qu'il serait meilleur cuit.

C'est ce jour-là que le premier esprit est apparu, silencieux, le visage douloureusement déformé par un sourire éternel.

En 1981, Issei Sagawa, 32 ans, tue une étudiante néerlandaise du nom de Renée Hartevelt. La jeune femme âgée de 25 ans ne se doutait pas que celui qu'elle considérait comme un ami planifiait sa mort dans son dos.

Après avoir assassiné Renée, Issei s'est nourri de son corps pendant plusieurs jours. Il pensait que manger des morceaux de sa bien-aimée lui donnerait plus de vigueur et les rapprocherait.

L'homme n'a jamais été incarcéré, sa responsabilité pénale n'a en effet pas pu être engagée pour cause de troubles mentaux.

Il vit aujourd'hui au Japon en totale liberté. Il a d'ailleurs publié plusieurs livres, certains au sujet de son cannibalisme. Il a aussi été l'invité de plusieurs shows télévisés japonais.

Le tueur de l'Est parisien

Le cas Guy Georges

Paris, 16 novembre 1981. Dans un immeuble bourgeois du XIVe arrondissement, un soir particulièrement froid de cette fin d'automne, une famille dîne. Distraite, la fille cadette se souvient d'un incident qui a eu lieu dans son enfance.

Le 20 juillet 1969, mon grand frère Antoine est tombé dans un coma profond qui a duré quatre jours.

Il avait 12 ans et j'en avais 6, nous passions toutes nos journées ensemble dans la fournaise de l'été. S'il m'accordait de moins en moins d'importance depuis le début de son adolescence, cet été-là, il était redevenu le frère que j'avais toujours connu. Il m'aspergeait dans la piscine, me poussait sur la balançoire et inventait des chasses au trésor qui se finissaient toujours par des bleus, de la sueur et des larmes.

C'était après le déjeuner. Maman, pour une raison qui m'échappe aujourd'hui, nous avait interdit de sortir. Je n'avais pas beaucoup bronché car j'étais de toute façon trop fascinée par ma petite sœur. Je la regardais téter ou dormir sur le dos sous les vagues d'air tiède du ventilateur.

Mon frère Antoine était plus casse-cou, il avait pris l'interdiction pour un défi. Après le repas pendant lequel il prétendait déjà ne pas se sentir très bien, il a fait mine de monter à l'étage pour faire une sieste. En vérité, il s'était discrètement faufilé par la porte du garage et avait enfourché son vélo. Nous n'avons rien remarqué : Margot babillait, maman somnolait ; quant à moi, je m'étais endormie sur un coin du canapé. Dehors, mon frère tout content suait sur sa bicyclette rouge en plein milieu de la chaussée. C'était une mauvaise habitude qu'il avait prise depuis que les rues étaient plus calmes.

Il s'est fait percuter de plein fouet par une voiture environ cinq minutes après avoir quitté la maison. Nous pensions tous qu'il était mort après l'appel solennel que nous avions reçu. Mais apparemment, il était juste « endormi ». Coma pendant quatre jours.

Après cela, nous avons pris l'habitude de reparler de l'évènement de temps en temps, après les dîners copieux. J'adorais quand il nous racontait cette histoire que lui seul avait vécue, c'était toujours extraordinaire : « Ce n'était pas comme dormir. Quand on dort, on est quand même bien là. On sent la lumière derrière ses paupières, les alarmes, les aboiements. Le sommeil est vivant, pas le coma. C'est terrifiant quand j'y pense, ce n'est même pas comme oublier quelque chose car vous savez que vous l'avez oublié. C'était un passage à vide, juste rien. »

*

C'était un soir de novembre 1981, j'avais 18 ans. Les assiettes étaient à moitié vides et nous regardions tous Antoine sourcils levés, toujours fascinés par cette histoire qu'il racontait de mieux en mieux en grandissant. Avec des mots de plus en plus justes. Je me suis dit « C'est peut-être ça, la mort », puis j'ai effacé cette réflexion profonde de mon esprit en jetant un œil à l'horloge du salon. Il était presque l'heure de partir.

Ce soir-là, Caroline, ma meilleure amie, devait venir me chercher en voiture pour une sortie entre copains. Fraîche détentrice du permis de conduire, elle nous avait imposé cette sortie de groupe plus tôt dans la semaine. J'avais accepté, ravie d'avoir trouvé une occasion de me sortir le nez des bouquins.

Essayant de me faire la plus discrète possible, j'ai quitté prématurément la table à manger où de grands débats politiques faisaient rage. Assise en tailleur sur le parquet de ma chambre, j'ai appliqué un peu de fond de teint sur ma mine grise d'étudiante en manque de sommeil. Je me souviens avoir pensé « Cela n'aide pas beaucoup », j'avais l'air encore plus pâle qu'avant, presque fantomatique. Ignorant cette vision peu flatteuse, j'ai commencé à m'habiller. Par-dessus un col roulé et un jean droit, j'ai enfilé la veste matelassée jaune que mon père m'avait offerte plusieurs années auparavant. Papa pensait que c'était à la mode, la vendeuse lui avait menti. Je ne la portais jamais habituellement car elle est me donnait l'air d'une grosse jonquille. J'ai boudé en me regardant dans le miroir, me sentant quelconque, sans relief. Le fond de teint n'avait pas réussi à camoufler les quelques boutons d'acné qui avaient élu domicile sur mon front.

Je crois que ces détails ont leur importance. C'était un soir ordinaire où je n'avais pas fait de gros efforts pour paraître présentable. Je n'ai même pas eu le temps d'enfiler mes chaussures que l'interphone a sonné, suivi d'un coup de klaxon bref. Caroline et son impatience…

J'ai déboulé hors de ma chambre sous le regard satisfait de mon père.

— Tu mets enfin ce manteau !

— Seulement parce qu'il fait trop froid, ai-je plaisanté. Bonsoir papa, maman, Antoine, Margot ! À plus tard !

Papa a insisté pour que je vienne l'embrasser avant de partir, et comme à son habitude m'a recommandé de ne pas rentrer trop tard. J'ai promis de ne pas le faire.

Sur le trottoir devant mon immeuble se tenait Caroline et ses boucles rousses. Derrière elle, il y avait une Renault Twingo dangereusement pleine à craquer. J'aurais certainement pu les rejoindre à pied ou bien en métro, mais ma meilleure amie ne voulait pas que je rate son super bolide. Je ne connaissais pas deux des garçons assis sur la banquette arrière et cela suffisait à rendre ma doudoune totalement inappropriée.

C'était en somme une soirée ordinaire : j'ai commandé une pinte – la teneur en alcool n'était pas assez forte pour me rendre saoule mais suffisante pour me permettre de me détendre et de passer un bon moment.

Nous avions décidé avec Agnès que les garçons avaient des goûts très critiquables en matière de musique au vu des cassettes qu'ils avaient apportées. Eux avaient décidé que nous étions trop *has been* pour y comprendre quoi que ce soit. Je me souviens des rires et des moqueries enfantines, pleins de l'innocence et de la confiance qu'ont généralement les jeunes adultes. Le trottoir était étroit mais la rue bien éclairée, il était si agréable de ne penser à rien.

À 23 h 30, j'ai à nouveau posé les yeux sur la montre à mon poignet, il était l'heure pour moi de rentrer. J'avais décidé de me lever assez tôt pour réviser le lendemain. Forte de cette soirée entre amis, je savais que je serais plus efficace.

— Tu m'appelles quand tu es rentrée ! m'a fait promettre Caro.

— Enfin… j'habite à quinze minutes à pied, dix si je me dépêche !

Je n'habitais pas réellement à quinze minutes à pied. Vingt minutes auraient été une meilleure estimation de mon temps, trente si je marchais vraiment comme un escargot. Malgré le froid, j'avais besoin de me dégourdir les jambes après cette journée assise à mon bureau puis à la terrasse d'un bar. Sur mon front découvert soufflait un vent glacial, régénérateur. J'ai quitté la rue du bar et son brouhaha caractéristique, et puis je me suis enfoncée dans une autre rue. Elles se ressemblaient toutes, formant ensemble le labyrinthe parisien. Dans ce quartier calme de la capitale, quelques voitures se pressaient encore, noyant le bruit de mes pas.

Un pas, deux pas, trois pas… j'avançais au rythme des vidéos d'aérobic de maman. J'avais prévu d'étudier d'abord mon cours d'anatomie, celui que je préférais. Agnès m'avait offert un petit livre très drôle : *Cent choses à savoir sur le corps humain*, le seul que je m'autorisais à feuilleter en cette période d'examens.

Un pas, deux pas, trois pas. Chez un individu adulte, 25 % des os se trouvent dans les pieds. Au feu rouge, les voitures se sont arrêtées, j'ai à nouveau entendu le bruit de mes pas.

Un pas, deux pas, trois pas. Les muscles les plus rapides du corps humain sont ceux qui font cligner les yeux. Ils peuvent se contracter en moins d'un centième de seconde.

Derrière moi, j'entendis le bruit métallique des roues d'un vélo se rapprochant. Loin puis proche, puis de plus en plus proche. Le cycliste me dépassa à toute vitesse, fendant l'air comme un oiseau, projetant par la même occasion quelques gravillons. Il avait apporté le vent, je me plaisais à imaginer qu'il était peut-être un dieu grec dans des collants de sport.

J'étais à peu près certaine d'être seule à cet instant sur cette longue ligne droite peu fréquentée quand une grande bourrasque a déposé un vieil homme sur mon chemin. J'ai sursauté, surprise, et il m'a dit d'un air mystérieux :

— Il fait bien froid ce soir !

Il parlait en tendant le visage dans ma direction, comme si nous partagions le plus intime des secrets. J'ai acquiescé en souriant et il m'a dépassée d'un pas vigoureux. C'était un de ces vieux Parisiens fortunés qui portaient des lunettes de soleil même le soir.

Un pas, deux pas, trois pas. J'arrivais au bout de ma ligne droite, me reprochant mentalement d'avoir laissé mon bonnet à la maison, de ne pas avoir pris le métro et d'être sortie dans ce froid glacial.

Dans ma confusion mentale, je n'ai d'abord pas remarqué la voix pressante, et puis je l'ai entendue :

— Excusez-moi !

II a insisté pendant longtemps à coups de « Excusez-moi ! ». Je ne voulais pas l'excuser, je ne voulais pas lui parler. C'était mon droit de ne pas répondre mais ils insistaient toujours un peu, même si la plupart des hommes se décourageaient après la première tentative ratée. Les autres pouvaient insister pendant très longtemps.

— Eh, s'il vous plaît, pouvez-vous m'aider ?

J'étais moins effrayée que profondément agacée. Il n'avait pas une voix de monstre, mais les monstres savent-ils parler ?

Un pas, deux pas, trois pas. Les ongles des mains poussent plus vite sur les doigts les plus longs. Les miens étaient rongés jusqu'au sang.

L'homme ne semblait pas comprendre ou accepter ma tentative d'esquive et a accéléré le pas. J'imaginais une ligne d'arrivée imaginaire et nous deux, adversaires dans cette épreuve de course à pied féroce, tentant de l'atteindre au plus vite. Soudain, il était là, à hauteur de mon épaule, marchant sans rien dire. Si j'accélérais le pas, il accélérait le pas. Je ne voyais que son manteau du coin de l'œil mais je pouvais sentir son haleine tant il était proche. Il y avait quelque chose de terrifiant chez cet homme qui ne comprenait pas mon refus, qui ignorait mon langage corporel et mon malaise.

Frôlant mon épaule de la sienne, il me complimenta. Je me demandais combien de temps il me faudrait pour arriver jusqu'à chez moi et pour composer le numéro de l'interphone. Il parlait de tout et de rien comme si nous nous connaissions. La boule d'angoisse dans mon estomac se resserra : et s'il savait où j'habitais ? Et s'il avait toujours été là, observant mes moindres faits et gestes ? Cette pensée a immédiatement déclenché ma panique. Caroline m'avait un jour dit de faire le plus de bruit possible si je me trouvais dans une situation comme celle-ci : « Tape des pieds, hurle, cours ! » Quelque chose me disait que lui ne serait pas effrayé par cette manœuvre. De toute manière, mes émotions paralysaient totalement ma pensée logique, j'étais certaine de me vautrer si j'essayais de courir.

J'ai changé de trottoir, changé de rue, il me suivait toujours. Nous dansions une valse dans les rues désertes de ce petit pâté de maisons. Mon corps entier s'était rigidifié si bien qu'il se serait certainement mis à résonner si on avait frappé dessus. J'étais à présent en colère et effrayée. Ses pas faisaient toujours écho aux miens mais il ne parlait plus. Je n'avais plus de stratégie à part rentrer à la maison le cœur battant.

Chez un humain adulte, le sang circule sur environ 19 000 kilomètres par jour. C'est comme voyager d'est en ouest sur la partie la plus large de l'océan Pacifique. « Large. » Prendre le large, le semer. Je devais lui échapper d'une manière ou d'une autre.

Deux jeunes femmes arrivaient en face en pouffant de rire, j'ai cru qu'elles riaient de moi. J'avais probablement l'air ridicule à marcher ainsi sans même prendre le temps de plier mes genoux. Qu'auraient-elles fait, elles ?

— Excusez-moi les filles, est-ce que vous avez du feu ?

Je ne fumais même pas. En tout cas, je devais avoir l'air étrange puisqu'elles avaient arrêté de rire. Elles étaient désolées mais n'avaient pas de feu, elles non plus ne fumaient pas. Je les ai regardées me dépasser, constatant avec surprise que l'homme n'était plus derrière moi. Oui ! Mais oui ! Il me suffisait de parler à quelqu'un, de jouer la comédie pour qu'il prenne peur. Il était finalement comme tous les autres, parlant beaucoup mais agissant peu.

Mon corps restait rigide et aux aguets. Je n'avais pas fait un pas de plus. J'ai essuyé la morve qui me pendait du nez d'un geste de l'avant-bras. Grâce à un rapide coup d'œil en arrière, j'ai pu constater à nouveau qu'il avait effectivement disparu. Il fallait que je rentre chez moi au plus vite, il fallait que je prenne une douche et que j'oublie cet incident. Mon immeuble n'était qu'à quelques pas.

Il est apparu au loin comme un mirage, il semblait s'éloigner à mesure que j'approchais. J'ai fini par atteindre l'interphone sur lequel je me suis jetée désespérément. J'ai composé le numéro que je connaissais par cœur mais personne n'a répondu. « Tu aurais dû prendre tes clés, bécasse » ai-je pensé. Sur le qui-vive, j'ai composé le numéro une nouvelle fois, et j'ai enfin entendu le grésillement caractéristique m'indiquant que la porte était ouverte. Soulagée, j'ai pris une grande inspiration.

Derrière moi, il y a eu ces pas rapides, ceux d'un voisin qui aurait oublié ses clés. Sans réfléchir, j'ai maintenu la porte ouverte derrière moi mais je n'ai pas entendu de remerciements. C'était étrange, j'avais une impression de déjà-vu.

Un pas, deux pas, trois pas. Dans un corps humain, il y a dix fois plus de cellules bactériennes que de cellules humaines.

— Sympa, ton immeuble. Une vraie petite Parisienne ! a dit l'homme.

Il m'a retenue par le bras, et pour la première fois, j'ai pu croiser son regard. Je n'ai pas retenu les traits mais l'allure générale de l'individu. Il avait l'air d'une personne dangereuse qui avait fait ça avant et qui n'avait pas peur des conséquences.

J'ai soupiré, mon appartement n'était qu'à quelques mètres au-dessus de nos têtes. Là-haut, la liberté. Certainement, papa ou maman descendrait quand ils réaliseraient que je n'étais pas encore montée. Cela paraîtrait suspect, mais au bout de combien de temps ?

— Tu ferais mieux de rester calme, comme ça tout se passera bien, continua-t-il, imperturbable.

L'homme a arraché mon sac, m'a jetée à terre et sans précaution a baissé mon pantalon et mes sous-vêtements. Je me suis défendue bien sûr, j'ai voulu hurler comme Caroline me l'avait appris, avec la force du désespoir. Mais trop tard. Il a posé sa main velue et humide sur ma bouche, manquant presque de m'étouffer. Que se passerait-il si quelqu'un arrivait et me voyait ainsi à moitié nue dans ce hall d'entrée ? Rien ne faisait sens dans cet enchaînement rapide et barbare.

D'abord j'ai tenté de me débattre, ensuite je suis entrée en état de choc. Je n'avais aucune chance de m'extraire de son emprise, je devais simplement attendre. Il fallait le laisser faire ce qu'il avait à faire et il s'en irait certainement après. C'était tout ce qu'ils recherchaient, ces gens, un coup d'un soir.

Cherchant à distraire la douleur, j'ai essayé de passer en revue mon cours d'anatomie, mais je ne me souvenais de rien. Il était comme projeté sur le plafond au-dessus de moi. S'il me laissait en vie, pourrais-je seulement passer mes examens ? « S'il me laissait en vie » : cette pensée soudaine me secoua jusque dans mes entrailles.

Ce qui m'a particulièrement horrifiée, c'est qu'il ne portait aucune protection, il n'y avait rien qui protégeait mon corps de ses assauts répétés. Nous étions deux étrangers liés dans le contact le plus intime. C'était un viol dans le viol. Mon corps se souvient des va-et-vient qui déchirent la muqueuse à sec. Pas moi. Comme dans ces expériences de mort imminente, je n'étais plus dans ce corps, je flottais au-dessus.

Enfin, il est sorti de moi. Cent ans sont passés avant que je reprenne conscience. D'une autre dimension, je pouvais observer la scène. Je me voyais, pantalon sur les chevilles, essayant de m'enfuir et cette nouvelle lutte pour me garder au sol.

La déchirure bizarre dans mon estomac m'a brutalement reconnectée à mon corps. C'était d'abord une sensation singulière qu'il m'a fallu du temps pour identifier parce que je ne l'avais jamais connue. Une douleur chaude. Une douleur vraiment chaude. Comme si mon chat m'avait griffée très fort dans l'abdomen. Comme un pistolet à clous qui vous perce la peau. C'était la douleur d'un coup violent dans le tibia, mais il fallait remplacer le tibia par votre estomac.

— C'est quoi ce bordel ? Il m'a poignardée ? ai-je pensé incrédule.

Lui se tenait debout, pas vraiment pressé de fermer sa braguette. Il semblait apprécier l'incompréhension qu'il lisait sur mon visage.

Il m'avait déchirée vivante de toutes les manières possibles puis il s'était levé et était simplement parti. Il ne courait même pas, on aurait dit qu'il venait d'effectuer un acte banal comme poster une lettre.

Pendant une seconde, j'ai cru que le temps s'était arrêté, et puis j'ai à nouveau quitté mon corps.

Il y a eu quelques lumières dans le noir, des lumières aveuglantes, et tout s'est teinté de rouge. Je n'avais plus aucune notion du temps qui passait, il pouvait tout aussi bien s'être écoulé des années depuis… depuis quoi ? Était-ce ça, la mort ?

Cent autres années sont passées. Je me suis réveillée en plein océan, au plus profond de l'eau. J'ai vu au-dessus de moi les vagues se pourchasser et se percuter. Les bruits de la surface atténués comme dans un rêve. Une vague m'a bousculée, forte et acérée comme une lame de rasoir. Déboussolée et un peu sonnée, je me suis laissé couler. Tout comme mon frère dix ans plus tôt, j'étais entrée dans un coma profond.

C'est une voisine qui m'a trouvée là, par un heureux hasard : Elle avait décidé de descendre ses poubelles ce soir-là plutôt que le lendemain matin. C'était bien après qu'il m'a souillée, dépossédée de mon humanité, et alors que mon sang se répandait sur le carrelage précieux du hall de l'immeuble.

Une personne prend environ 23 040 respirations par jour, soit environ 672 768 000 respirations au cours d'une vie. À cet instant, j'espérais que chacune de mes inspirations soit la dernière.

Le 16 novembre 1981, une adolescente de 18 ans nommée Nathalie L. croise la route du tueur de l'Est parisien, aussi connu sous le nom de Guy Georges. Malgré des blessures sévères, elle survit à l'agression.

Après vingt-et-une victimes et plusieurs passages en prison, Guy Georges sera finalement condamné à la réclusion criminelle à perpétuité le 5 avril 2001.

Rendez-vous au château des sorcières

L'affaire Shanda Sharer

New Albany (Indiana, États-Unis), janvier 1992. Dans une ville moyenne faisant face à la plus grande cité de Louisville, de l'autre côté de la rivière Ohio.

Tout avait commencé par une stupide lettre d'amour. C'était une lettre pleine de promesses et d'imagination. Une lettre échangée rapidement à la sortie d'un cours pour que personne d'autre ne puisse comprendre ce qui se tramait. Après celle-là, il y en avait eu d'autres, des poèmes entiers écrits dans un langage enfantin. Les lettres étaient tremblantes, les i ponctués de cœurs.

Pour Shanda Sharer, 12 ans, c'était la première fois qu'une personne de son entourage déclenchait son intérêt et il se trouvait que c'était une fille : Amanda Heavrin. D'abord, il faut dire qu'Amanda n'avait pas toujours été son amie. Leur première rencontre à l'automne 1991 s'était terminée en bagarre dans la cour de récréation. Elles s'étaient d'abord détestées avant de devenir amies pendant une heure de colle. Ensuite, elles avaient naturellement développé un lien qui dépassait la simple amitié.

Shanda se prenait parfois à rêver d'elle le soir, sans réellement comprendre pourquoi. C'est vrai qu'elle était jolie, cette fille aux airs de garçon manqué. La ligne de sa mâchoire était harmonieuse. Plus âgée que Shanda de quelques années, Amanda portait ses cheveux courts et entretenait un style à la garçonne. Contrairement à beaucoup de jeunes gens de son âge, elle semblait déjà tout savoir d'elle-même et des autres. Elle avait dans ses yeux cette lueur, comme si elle cachait des secrets en permanence. C'était le bon temps, les rendez-vous derrière le collège pour discuter, le bal de fin d'année… – si seulement il n'y avait pas eu Melinda.

À présent, parce qu'elle avait changé d'école, leur relation restait en suspens : ni très active ni totalement terminée.

« 10 janvier 1992,

Aujourd'hui, j'ai pensé à Amanda. On ne se parle plus vraiment depuis que j'ai changé de collège et je dois dire que ça me rend un peu triste…

C'est étrange, cela faisait longtemps que je n'avais pas pensé à elle. Je pense que peut-être, je devrais cesser d'y penser une bonne fois pour toutes… Ce n'est pas facile bien que j'aimerais que ça le soit.

J'ai un peu peur de la revoir et que nous soyons à nouveau des étrangères l'une pour l'autre. »

Shanda posa son stylo et se mit à fixer le mur en face d'elle. En proie à un chagrin de petite fille, elle se mit à soupirer, la bouche tremblante. C'était une de ces émotions nouvelles et qui la bouleversait complètement par son intensité. Oui, Amanda était son premier amour et elle ne pourrait certainement jamais l'oublier.

Ce jour-là avait été un mercredi d'école tout à fait banal mais la journée avait pris une tournure intéressante quelques heures plus tôt quand trois amies d'Amanda s'étaient présentées devant sa porte. C'était des filles plus âgées, elles devaient avoir dans les 16 ans.

— Amanda nous a envoyées pour venir te chercher ! avait déclaré la plus bavarde. On va faire une petite soirée entre nous, elle a pensé que tu aimerais venir !

Elle était enthousiaste, parlait avec un grand sourire et elle lui avait semblé sympathique. Une soirée entre amies, cela faisait véritablement adulte ! C'était une chose « cool » qu'elle pourrait raconter en classe le lendemain.

Le seul obstacle en vue était son père... Ses parents n'auraient jamais laissé leur fille de 12 ans se promener seule avec des inconnues.

— Venez me chercher vers minuit, quand mes parents dormiront ! avait-elle répondu.

L'une des filles soupira, apparemment agacée à l'idée d'attendre, mais elles acceptèrent.

— Ok, on sera là à minuit. Si on ne peut pas sonner, tu devras nous retrouver dehors.

Shanda ne s'était pas méfiée, Amanda avait beaucoup d'amis. Elle était assez populaire... Shanda ne pouvait pas manquer l'occasion de la revoir.

À présent, elles pouvaient arriver à n'importe quel moment. Shanda enfila quelques-uns de ses vêtements préférés et essaya de dompter ses cheveux bouclés. Elle devait utiliser une grande quantité de laque pour qu'ils tiennent en place comme elle le voulait. C'était comme un rendez-vous galant, il fallait se montrer présentable. Après avoir changé de tenue trois fois, Shanda réalisa qu'elle ressemblait un peu trop à un enfant de son âge pour paraître crédible dans une soirée d'adolescents. Sa mère lui avait toujours dit : « Ne grandis pas trop vite ma fille, tu pourrais le regretter. »

Se laissant retomber sur son lit, la jeune fille frissonna de honte. Les amies d'Amanda l'avaient vue dans son pyjama de bébé... Elle espérait de tout son cœur qu'elles ne lui diraient rien. Puisque l'horloge au-dessus de son bureau indiquait bientôt minuit, Shanda se faufila dans le couloir. Comme un agent secret, elle avança à tâtons dans le noir. C'était excitant. Elle pensait à ce personnage de film d'action qu'elle avait vu avec son père, un film angoissant où des hommes en costumes noirs disaient sans arrêt : « C'est une course contre la montre ! » Le héros semblait défier les limites du temps, se sortant sans arrêt de situations impossibles.

Elle descendit les marches des escaliers qui avaient tendance à craquer, et en moins de temps qu'il n'en faut pour le dire, se retrouva dehors. Son cœur se mit à battre à tout rompre, bientôt elle reverrait les beaux yeux de celle qu'elle aimait. Dehors, la voiture était déjà là. Depuis le porche, Shanda pouvait entendre la musique country qui résonnait dans l'habitacle. C'était un vieux son des années 1970 qui encourageait à rouler toute la nuit et de fumer quelques cigarettes. Une musique qui donnait envie de faire des choses interdites.

Dans la même voiture se trouvait Melinda Loveless. Cachée sous une couverture, un couteau serré contre son cœur, Melinda ne pensait plus.

*

Quelques heures plus tôt

— Bon, écoutez, je veux juste lui faire un peu peur, pas la tuer, affirma Melinda en levant les yeux au ciel.

— Pourtant, tu as pris un couteau avec toi, elle va sacrément chialer la gamine, plaisanta Laurie.

— Arrêtez de boire autant, vous allez tout gâcher !

Le plan était né de la jalousie de Melinda Loveless, 16 ans. Une adolescente perturbée de l'Indiana, comme il y en avait tant. Elle était aussi tourmentée que fascinée par un père abusif. Elle avait toujours vécu la chair à découvert, sans carapace.

Shanda n'était pas la gamine hargneuse et arrogante que Melinda avait décrite à ses amies. Mais elle était aimée, bien sous tout rapport, et c'était des raisons suffisantes pour la détester. Outre cela, elle avait commis une faute grave : celle de s'approprier Amanda. Cette dernière n'était pas n'importe qui pour Melinda. Elle avait été son premier amour, celui qui rendait insomniaque. Leur relation s'était achevée brutalement, peut-être par sa faute, mais elle n'avait jamais pu le supporter. Elle avait senti son cœur se fendre en deux le jour où Amanda l'avait totalement ignorée quand elle était passée devant elle. Et maintenant, si elle ne pouvait plus l'avoir, personne d'autre ne devait la posséder.

Et puis, cette gosse, qu'est-ce qu'elle avait de si intéressant ? Pourquoi Amanda s'accrochait-elle à cette relation avec autant de vigueur ?

— C'est quoi le plan finalement ? demanda Hope, tirant Melinda de ses ruminations.

— On l'emmène au château des sorcières pour lui faire peur, ça ne va pas être trop difficile... Pour le reste, on improvise.

*

Elle était montée presque sans crainte. Melinda avait raison, c'était une gamine impressionnable et la terroriser allait être une tâche facile. Les trois adolescentes ne pouvaient ignorer à quel point la situation était ridicule. C'était donc de ça que Melinda avait peur ? De cette enfant de 12 ans qui portait encore une montre Mickey Mouse à son poignet ?

Hope et Toni n'en avaient que faire, contrairement à Melinda et à Laurie, elles ne se prenaient pas réellement au sérieux. Elles avaient trop bu et pensaient passer une soirée ordinaire. Il serait certainement amusant de faire peur à ce petit bébé et ça servirait de leçon.

— Shanda, tu connais la légende du château des sorcières ? demanda Hope.

L'enfant secoua la tête, mal à l'aise. Elle commençait à regretter d'avoir enfreint les règles, ce n'était pas le genre de personnes qu'elle fréquentait habituellement.

— Ce château se trouve sur une colline donnant sur l'Ohio. C'est un lieu sombre et plein de mystères. Neuf sorcières qui y vivaient ont fini brûlées vives par les habitants du village qui les avaient démasquées…

Shanda frissonna, elle avait entendu parler de ce lieu comme tous les enfants du coin. C'était pour elle une légende, comme celle du croque-mitaine. Le lieu ne lui avait jamais inspiré une grande crainte. Néanmoins, elle se demandait pour quelle raison sa petite amie avait préféré l'attendre là-bas.

— Vous vous entendez bien avec Amanda, hein ? continua Hope, changeant complètement de sujet.

À ces mots, Shanda se crispa et se mit à rougir. Elle n'avait pas réellement envie de parler de ce genre de choses avec des inconnues. Elle ne répondit rien, ce qui sembla irriter les trois jeunes filles. Elles étaient plus âgées qu'elle, semblaient comprendre et sous-entendre des choses qu'elle ne saisissait pas.

— Moi, je sais que vous vous entendez très bien…

La voix était étrangement familière, de mauvais augure. C'était Melinda mais elle ne la voyait pas, l'adolescente avait fait sa grande apparition s'extirpant de la couverture, tel un magicien de fête foraine. Plaçant un avant-bras sous le cou de son ennemie jurée, elle l'attira fermement à elle. Soudainement plaquée contre son siège par le cou, Shanda se mit à paniquer et à hoqueter. Melinda fit une moue dubitative. Elle espérait une réaction plus grandiose que des larmes.

C'était la première fois qu'elle la touchait, sa peau était ferme et belle. C'était pour cela qu'elle l'avait immédiatement détestée… Cette gamine pétillante et fraîche. En passant sa joue sur ses doux cheveux bouclés, Melinda vit qu'ils avaient une bonne odeur. Était-ce de cela qu'Amanda rêvait tous les soirs ?

— On pourrait peut-être lui tondre les cheveux, dit-elle en ricanant, ce qui déclencha une nouvelle crise de panique chez Shanda.

— Elle semble plus tenir à ses cheveux qu'à sa propre vie ! murmura Hope.

Le regard larmoyant de l'enfant accrocha celui de Toni Lawrence, celle qui parlait le moins. Elle baissa immédiatement les yeux, lâchement. Shanda ne pouvait plus penser. Où allaient-elles réellement ? Melinda avait toujours déplu à sa mère, cette fille venait d'une partie de la ville où les gens étaient plus brutaux. Le genre de coin où on ne traînait pas la nuit.

Les filles discutaient entre elles de leur plan et de ce qu'elles avaient prévu de faire. Le leader du groupe aux longs cheveux bouclés énonçait un tas d'idées qui faisaient pâlir Shanda de terreur. À quelle sauce la mangeraient-elles ? Une fois arrivée à destination, elle devrait essayer de s'enfuir, courir sans jamais s'arrêter.

Alors que le château des sorcières approchait, les supplications de la captive redoublaient sans que personne n'y prête attention.

*

Sans surprise, Amanda n'était pas là. Peut-être était-elle à l'intérieur de cette vieille bâtisse abandonnée. Shanda voulut hurler, s'enfuir. Elle en était à présent convaincue : ici, il n'y avait personne pour la sauver.

Melinda était le capitaine qui disait « nous allons dans cette direction » et les filles n'étaient ni le matelot, ni la voile, mais le vent. Le vent qui ne comprend rien et qui souffle anarchiquement, qui, sans qu'il sache réellement pourquoi, reste fidèle au capitaine. À partir de cet instant, il n'y avait plus de plan. « On improvise » avait-elle dit plus tôt dans la soirée.

— On va aller ailleurs. On est trop à découvert ici, quelqu'un pourrait nous voir.

Shanda était maintenant « la fille » : « Faites monter la fille dans le camion », « Faites taire la fille »... Elle n'avait déjà plus de prénom ; en passe de n'être plus qu'une chose, elle était déjà presque morte.

Le plan avait changé : il fallait quitter le château des sorcières pour se rendre dans un endroit caché où personne ne pourrait les trouver. Sur le chemin jusqu'au bois, Shanda hurla pendant ce qui lui sembla être une éternité, elle hurla jusqu'à ressentir le goût du sang au fond de sa gorge et jusqu'à être étouffée sous les grandes mains de Melinda.

— La ferme ou je te tue dès maintenant !

La gifle partit sans que Shanda ne puisse l'anticiper. La joue chaude, presque étourdie, elle se tut pour survivre. Il n'y avait pas de paroles apaisantes. Il n'y avait que le silence et le bruit des roues sur le bitume.

Dans sa première lettre à Amanda, elle se souvenait avoir détaillé sa journée entière. C'était stupide quand elle y pensait, mais elle ne savait pas vraiment écrire de lettres d'amour. Elle voulait simplement lui dire quelque chose et peut-être un peu l'intégrer à son quotidien. Elle y avait décrit le mauvais caractère de son chien, la décoration de sa chambre et son plat préféré. C'était des petites choses qu'elle voulait partager avec son premier amour. Pour tromper la peur, Shanda essaya de repenser à tous les détails de cette lettre. Elle avait aussi parlé de son père. Elle voyait son visage, il serait mort d'inquiétude si elle ne rentrait pas. Il était impossible de connaître l'issue de cette nuit. Après tout, elles étaient encore des enfants elles aussi, alors peut-être que ce n'était qu'un jeu.

Elles étaient arrivées dans une sorte de clairière, un espace boisé à des kilomètres de toute civilisation. Peut-être était-ce le bon moment pour s'enfuir, alors qu'elles ne lui prêtaient plus attention, trop occupées à discuter de leur plan. Elle faisait du basket, elle pouvait courir pendant longtemps, il fallait au moins qu'elle essaye. Malheureusement, ce n'était jamais le bon moment. Son esprit finissait toujours par renoncer, ou bien ses jambes refusaient de la porter, paralysées par la terreur.

— Oh non, elle ne va pas se remettre à chialer ! hurla Melinda. Déshabillez-la maintenant !

À ces mots, Hope et Toni se redressèrent, tentèrent d'émettre une objection, puis se consultèrent, inquiètes. Le plan avait toujours été d'intimider Shanda, de rigoler un peu. La partie improvisation ne faisait plus sens. Melinda hurla comme une lionne déchaînée ; la peur les obligea à agir. Peut-être finirait-elle par se retourner contre elles ? Il valait mieux obéir que subir.

Shanda se débattit quelques instants mais elle ne résista pas longtemps. Résignée, elle se laissa déshabiller sous les yeux froids de ses bourreaux. Melinda semblait réellement s'amuser. L'humiliation de sa rivale lui procurait unc jouissance sans égale. Finalement, ce n'était qu'un corps d'enfant sous des vêtements d'enfant : la poitrine bourgeonnante ne pendait pas encore, le pubis était tout de même déjà couvert de quelques poils.

— Tu n'as même pas de fesses ! dit Melinda en riant.

Elle riait toute seule, Laurie souriait, Hope et Toni faisaient semblant. Tant que Shanda existait, Amanda ne lui appartiendrait pas. Non, elle ne voulait pas simplement lui faire peur, elle voulait la réduire en poussière. Les autres filles avaient été trop bêtes pour comprendre ses véritables intentions. Le moment qu'elle attendait depuis plusieurs mois était enfin arrivé. Elle pouvait à présent frapper ce petit corps nu à la chair tendre.

— S'il vous plaît, laissez-moi partir ! cria Shanda, honteuse. Elle tentait de cacher ses parties intimes comme elle le pouvait, sans jamais cesser de pleurer.

— Et puis quoi encore ? ricana Laurie.

L'adolescente ne tenait plus en place, sautant dans tous les sens, comme si elle était sous l'emprise de stupéfiants. Elle avait toujours voulu tuer quelqu'un, c'était la soirée de sa vie.

Le premier coup de poing atterrit dans l'abdomen, Shanda se plia en deux en hurlant. Melinda invita celle qui le voulait à donner le second coup. Puisque personne ne se décidait, elle attrapa la tête de Shanda entre ses deux mains et lui porta un violent coup de genoux dans le visage. Hope en était certaine, quelque chose avait craqué. Elle détourna les yeux de la scène et courut jusqu'à la voiture.

Face au choc, Shanda ne réagit pas vraiment. Elle se mit à tituber comme un homme ivre avant de tomber à genoux. La douleur était soudaine et violente, l'empêchant véritablement de penser. Dans sa bouche, il n'y avait plus que le goût du sang. Terrifiée à l'idée d'avoir perdu une dent, elle passa sa langue sur ses gencives. Tout cela, sans jamais cesser de pleurer. Alors comme ça, ce n'était pas un jeu, c'était grave… Mais elle souffrait trop pour penser logiquement, ou même pour s'enfuir. Elle savait pourquoi elle était ici, elle devait être sacrifiée parce qu'elle avait aimé Amanda.

Melinda était infatigable, elle revenait à l'assaut comme une bête en colère. Elle poussait des cris de guerrière à chaque coup, se défoulant véritablement sur cette enfant qui avait quatre ans de moins qu'elle. Sur cette petite fille qui aurait pu être sa petite sœur. Bousculée, frappée, traînée par les cheveux. Nue, vulnérable, dans la boue, dans l'herbe. Il fallait essayer de s'enfuir dans le noir, toujours courir, toujours être rattrapée. Elle était la cible d'une véritable entreprise de destruction. C'était une chasse à l'homme, un massacre. Il fallait reprendre sa respiration. Melinda avait un couteau. Dans les films d'action que Shanda regardait avec son père, les gens survivaient souvent aux coups de poings mais rarement aux coups de couteau. Et puis, quelle sensation cela faisait-il de se faire ouvrir en deux comme un porc ?

— Tu vas faire quoi avec ça ? demanda Toni mal à l'aise. Ça, c'était pas prévu…

— Oh la ferme, toi !

Oui, Melinda avait un couteau et sachant de quoi elle était capable, Toni préféra lui obéir. La fillette ensanglantée se mit à pousser des cris gutturaux, Hope dans l'habitacle de la voiture se boucha les oreilles. Elle était complice et donc responsable… Pourtant, elle le savait, elle n'était pas le genre de filles à tuer des gens… Bien sûr, elle n'était pas un enfant de chœur mais elle n'était pas non plus une criminelle.

Nue, maintenue au sol, Shanda appela sa mère. Rien ne faisait sens dans son esprit, tout n'était qu'horreur. Elle aurait voulu déjà mourir quand la lame du couteau pénétra son abdomen. C'était une lame émoussée et glaciale dont elle pouvait sentir le froid contre ses organes. Amanda lui avait écrit dans une lettre qu'elle était « à couper le souffle ». C'était la bonne expression. Elle avait senti l'air quitter ses poumons comme paralysée par cette douleur soudaine et intense. Elles frappèrent ainsi deux ou trois fois, au hasard, lui infligeant à chaque fois la même souffrance intense. Une souffrance qui obligeait à se recroqueviller sur soi-même au risque de devenir fou.

Ensuite, elles avaient arrêté, peut-être riaient-elles ou discutaient-elles. Elles se félicitaient certainement. Rien ne faisait plus sens dans la douleur, son souhait ultime était de s'endormir pour ne plus rien sentir. Le temps s'étirait. Shanda avait déjà bu quelques gouttes de vin rouge avec son père. Elle se sentait comme dans ces moments-là, étrangère à l'agitation extérieure et aux lumières qui s'agitaient autour d'elle. « Je vais mourir » pensa-t-elle. Mais elle ne mourait pas, elle sombrait. Toujours maintenue éveillée par la peur d'un nouvel assaut ; la prochaine fois, elle ne le supporterait pas. Elle pensa à sa mère, à son père, à Dieu. Les secondes passaient pour elle aussi lentement que des heures.

Il était 2 h 30 du matin quand Melinda s'intéressa de nouveau à sa victime. Elle était la source d'une nouvelle nuisance : elle faisait trop de bruit, dérangeant leur partie de cartes. Shanda ne le faisait pas exprès, se faire remarquer était la dernière chose qu'elle voulait. Elle tentait simplement de respirer sans trop élever sa poitrine, déchirée de part en part. Reconnaissant le visage de Laurie penché au-dessus du sien, elle se mit à sangloter. Elle souhaitait simplement qu'on l'abandonne là, pour qu'elle puisse mourir en paix.

— Fais-la taire ! dit Melinda, indifférente.

Laurie éleva le démonte-pneu en l'air comme pour prendre de l'élan, avant de le faire retomber sur Shanda en plusieurs coups violents qui firent taire la douleur.

*

Au McDonald's ce matin-là, personne n'aurait pu deviner de quoi cette joyeuse bande était capable. C'était des adolescentes bruyantes, enthousiastes, ordinaires.

En croquant dans sa saucisse, Melinda s'écria :

— Regardez ! Elle est aussi carbonisée que Shanda… ce qui déclencha les éclats de rire de ses trois amies.

Dans la nuit du 10 au 11 janvier 1992, Shanda Sharer, 12 ans, est lynchée puis brûlée vive par quatre adolescentes : Melinda Loveless (16 ans), Laurie Tackett (17 ans), Hope Rippey (15 ans) et Toni Lawrence (15 ans).

Plusieurs semaines avant le meurtre, Melinda avait échauffé les esprits de ses amies en leur expliquant que Shanda avait volé sa petite amie Amanda. Ni Laurie, ni Hope, ni Toni ne connaissait personnellement Shanda.

Les adolescentes ont écopé de peines allant de vingt à soixante ans de réclusion criminelle, elles ont toutes bénéficié d'une libération conditionnelle entre 2002 et 2019. Melinda Loveless n'a purgé que vingt-sept ans des soixante ans correspondant à sa peine initiale.

Réussir à tout prix
Le cas Jennifer Pan

Personne ne m'a jamais autant manqué que Jennifer Pan, même lorsqu'elle était proche de moi et que nos lèvres s'entrecroisaient comme le cœur d'un bourgeon de rose.

C'était une personne unique dans sa capacité à être tout à fait ordinaire, et dans le même temps, à vous échapper complètement. C'est peut-être ce qui m'a attiré chez elle, cette impression que je n'en ferais jamais totalement le tour. C'était la planète, pleine de mystères, et j'étais le satellite en orbite.

Jenn avait de longs cheveux noirs souvent noués en queue-de-cheval, parfois tressés. Elle portait des lunettes qui lui donnaient un air strict. Les lunettes de Jenn.

Elle ne s'embarrassait jamais de maquillage, ne se torturait pas devant sa penderie à la recherche de la tenue qui la mettrait le plus en valeur. J'ai longtemps cru que c'était parce qu'elle était comme ça : simple. Plus tard, j'ai compris qu'elle avait été taillée ainsi, forcée à devenir un rat de bibliothèque pleurant à la moindre mauvaise note. Son visage était alors défiguré par une déception qui me semblait exagérée. Dans ces moments, où elle s'effondrait sur elle-même comme une statue de cire, je la craignais. C'était un volcan prêt à entrer en éruption.

Il m'arrivait d'en rire, de ses larmes, parce qu'elles me mettaient profondément mal à l'aise. Jenn pensant que je me moquais délibérément d'elle, posait alors sur moi ce regard perçant, me signifiant clairement qu'il y avait certaines choses que je ne comprenais pas. La menace endormie.

*

Markham (Canada), 2002. Petite ville tranquille de la banlieue de Toronto. Dans la salle de classe de seconde d'un lycée...

— Tu me files ton cahier, s'il te plaît ? En fait, je n'ai pas eu le temps de faire mon devoir hier soir...

Sans vraiment y réfléchir, je m'étais adressé à la première tête d'ampoule dans mon périmètre, c'était tombé sur elle. Déplaçant une épaisse mèche de cheveux noirs derrière son oreille, Jennifer avait hésité un instant. Le côté gauche de sa bouche avait tremblé. Elle avait parfois ce tic effrayant, les premiers signes de l'éveil du volcan.

— Au nom de quoi au juste ? C'est déloyal de tricher ainsi, t'avais qu'à bosser comme tout le monde.

L'air boudeur de Jenn.

— Au nom de la solidarité asiatique... ? Allez, tu peux bien faire ça... Rien qu'une fois...

Le professeur n'était pas encore entré dans la salle de classe mais chaque minute nous rapprochait inéluctablement du moment où j'obtiendrais ma millième heure de colle.

Nous étions en seconde. C'était la première fois que je m'adressais directement à cette camarade de classe si discrète, mais j'avais déjà compris qu'elle répétait un discours bien rodé. Elle parlait comme un pantin. Elle parlait comme parlerait le digne héritier d'une famille raciste aux idées fortes mais creuses, convaincu de ne pas être convaincu. Elle parlait comme une femme de 35 ans. Si je lui avais demandé d'expliciter sa pensée, elle n'aurait rien su me répondre.

Immédiatement, je l'ai détestée. Je n'essaie pas de vous raconter une de ces histoires à l'eau de rose où les opposés s'attirent, tirant de l'énergie contraire la force d'exister. En réalité, parce que je n'ai jamais su la cerner complètement, je n'ai jamais réellement aimé Jennifer Pan. Je n'ai pas obtenu son cahier ce jour-là, ni les jours suivants. Cette fille ne cédait ni sous la menace, ni sous mes tentatives hypocrites de camaraderie.

Le jour suivant ma millième heure de colle, j'avais décidé de faire de sa vie un enfer. J'étais simplement un petit caïd qui n'aimait pas qu'on questionne sa légitimité à tout obtenir sans effort. Je n'avais pas l'intention de lui faire du mal. Poussé par une sorte de témérité propre à mon caractère, je voulais lui faire comprendre qui fixait les règles. Tous les matins avant d'aller au lycée, je cherchais la crotte de chien la plus fraîche et la plus puante à déposer au pied de son casier. Le premier jour, elle avait marché dedans. Véritablement vexée mais pas réellement blessée, elle avait versé quelques larmes. Les jours suivants, elle l'avait tout bonnement ignorée et cela ne faisait pas vraiment partie de mes plans. L'imperturbabilité de Jenn.

Jenn savait que c'était moi. Il était facile de le deviner à l'hilarité générale de mon groupe d'amis à chacun de ses passages. Un soir, cette semaine-là, elle m'avait attendu à la sortie du dernier cours de la journée. Je ne m'attendais pas vraiment à la trouver là, alors nerveux, j'ai sorti une phrase stupide dont moi seul avais le secret. Mademoiselle Pan n'était pas venue discuter avec moi, comprendre, négocier. Elle voulait simplement que je sache ce qu'elle pensait de moi. Avec une neutralité et une froideur déconcertantes, elle a commencé à parler :

— Je sais que c'est toi, Daniel.

Mon nom dans sa bouche sonnait comme une menace. Je ne comprenais pas comment on pouvait être si ennuyeux et hargneux à la fois. Elle jappait à la moindre contrariété comme le petit chien d'une vieille dame.

— Tu es vraiment dingue de te lever plus tôt chaque matin simplement pour chercher une crotte de chien à déposer devant mon casier.

Avec le recul, je crois que j'avais peut-être un peu peur de Jennifer. D'abord, je l'ai crainte comme on craint un requin qui tient votre jambe dans sa gueule. Pour qu'il relâche son emprise, il faut frapper fort, là où ça fait mal.

Je n'avais rien répondu à son attaque, mais après cela, j'avais cessé de déposer la crotte matinale devant son casier. J'avais en effet trouvé un meilleur moyen de l'ennuyer.

Cette partie marque le trébuchement de Jenn.

Je devais battre Jennifer sur son propre terrain. Il n'était pas difficile pour moi de rattraper mon retard scolaire. Je n'étais pas un garçon bête, j'étais simplement désintéressé par le lycée. Je n'avais alors qu'une seule stratégie : devenir elle. Jenn arrivait généralement très tôt au lycée, avant tous les élèves et avant certains professeurs. Cela lui permettait de relire ses notes et ainsi de trouver quelques questions pertinentes à poser pendant l'heure de cours. Chaque fois qu'elle arrivait en classe, j'étais déjà assis, la gratifiant d'un sourire. La première fois, elle me considéra de loin, comme si elle venait d'apercevoir un spectre. Jenn était sur le trône, comme un monarque trop certain de sa popularité, elle n'envisageait pas un coup d'état. Moi seul connaissais ses failles, sa lèvre tremblante.

Notre année de première, la lèvre s'est mise à trembler davantage, l'œil droit aussi. C'était un signe de fatigue, de nervosité. Jenn enchaînait les activités extrascolaires, ce qui n'était pas très compatible avec un sommeil de qualité. Elle était plus irritée par moi qu'à son habitude, toutes ces failles se ressentaient dans ses notes. Le château de sable s'effritait.

Cette même année, j'ai pour la première fois renversé l'intello de la classe en mathématiques. Je me délectais d'observer le visage blanc tournant au cramoisi. Inévitablement, elle avait versé quelques larmes. Elle ne voulait pas seulement avoir une bonne note, elle voulait avoir la meilleure des notes. Je ne comprenais pas d'où lui venait cette obsession même si j'avais cru comprendre que ses parents étaient des « psychopathes ».

*

C'était un jour d'automne et la lumière jaune de fin de journée pesait lourdement sur les couloirs vides. Je rangeais mon casier quand j'ai remarqué une ombre près de la mienne. C'était mademoiselle Pan, son visage sérieux et sa lèvre tremblante. Les yeux encore rouges, elle était venue à ma rencontre comme une reine déchue, prête à monter sur l'échafaud. Je fus surpris de sa grande réserve.

— Daniel. Salut… Est-ce que je peux te demander quelque chose ?

Tout son être était tiède, animé seulement par le désir de réussir. Je savais pourquoi elle venait, j'espérais qu'elle le ferait. J'avais passé la dernière année à tenter de décrypter ce qui se passait dans ce corps frêle et dans cette tête lourde.

— Tu veux un coup de main du maître pour les maths, c'est ça ?

Elle parut soulagée de ne pas avoir à compléter sa phrase, c'eût été s'humilier que de me demander une telle faveur à voix haute. Elle acquiesça et pour la première fois en un an et demi, je la vis sourire.

Le sourire gêné de Jenn.

Les leçons de maths devaient se tenir chez mademoiselle Pan le samedi car elle n'avait pas le droit de traîner dehors après les heures de cours. Surtout pas avec un garçon. Surtout pas avec un garçon comme moi. Ses parents avaient certainement les moyens de lui offrir des cours avec un vrai professeur. Je voyais leur voiture tous les matins quand ils la déposaient au lycée, ils respiraient l'aisance financière. Je voulais quelque chose d'elle, peut-être voulait-elle, elle aussi, quelque chose de moi.

Le premier samedi, je me suis retrouvé penaud devant mon miroir. J'avais accepté de l'aider mais c'était sous le coup de l'enthousiasme. À froid, je craignais presque de la revoir. Je ne savais pas comment converser avec elle ni comment combler les silences gênants.

J'ai dû traverser Markham en bus, des petits quartiers défavorisés aux quartiers résidentiels où vivait une grande partie de la classe asiatique moyenne à aisée. Jenn m'attendait devant sa porte, les bras croisés comme une mère en colère.

— Tu es en retard.

— Toi, tu es à l'heure ! plaisantais-je.

Elle n'esquissa pas un sourire mais s'écarta pour me laisser pénétrer dans son antre. Sur les murs, des photos d'une petite fille joyeuse. Son sourire se faisait apparemment plus fréquent quand elle était enfant. Et puis, dans une armoire à glace, des trophées en tout genre, symboles de réussite. Il faisait froid dans cette grande maison, elle était impeccable, exactement comme une maison d'exposition. C'était ainsi que je l'avais imaginée, un endroit où on ne vit pas mais où on performe.

La première leçon se déroula sans encombre. À vrai dire, je n'avais rien à apprendre à ma meilleure ennemie qu'elle ne savait pas déjà. J'étais intimidé et je n'étais pas pédagogue, je parlais n'importe comment. Elle me regardait, elle m'écoutait et elle semblait tout comprendre.

— Comment t'as fait pour avoir une note inférieure à la mienne ? J'avais même pas compris cet exercice-là !

Ma remarque parut lui faire plaisir et elle sourit à pleines dents. Ma camarade n'avait pas besoin d'une deuxième leçon de maths, elle avait simplement besoin de quelques éclaircissements. Pourtant, elle me raccompagna à la porte et me lança solennellement : « Semaine prochaine, même heure ? »

Dans mon sac à dos, il y avait le journal intime de Jenn. Elle était partie aux toilettes en le laissant en évidence, je n'avais pas eu beaucoup de scrupules à m'en emparer. Peut-être voulait-elle que je le trouve. Je l'ai feuilleté sur le chemin du retour :

« Journée assez nulle, mes notes n'augmentent pas et je sais que les vieux vont encore être sur mon dos. C'est tout ce qui me préoccupe pour le moment, je n'arrive pas à penser à autre chose.

Point positif : frites à la cantine. »

« Je regrette de ne plus pouvoir faire de patin à glace, c'était dans ces moments-là que je me sentais le plus libre. Sinon, j'ai réussi à récupérer mon téléphone dans la chambre de mes parents. À table, nous ne parlons plus que des examens qui arrivent, de la fac dans laquelle je devrais aller. De l'air !

Point positif : j'ai adoré Jane Eyre, *enfin je ne l'ai pas terminé. En revanche, je pense que je n'aurai pas le temps de voir l'adaptation cinématographique, j'ai trop de matières à perfectionner. De toute manière, la bande-annonce dit tout. »*

« Je suis contente car j'ai eu une sacrée bonne note en anglais. Mais je recommence à faire des crises d'angoisse. J'ai l'impression d'être toujours attendue au tournant. Je crois que je déteste mon père, comme une envie de le tuer lol. »

J'ai lu cette phrase les yeux écarquillés. Je ne croyais pas Jenn capable de tuer qui que ce soit, ni de dire « lol ».

« J'ai l'impression d'être un déchet aujourd'hui. C'est triste à dire mais c'est comme ça que je me sens, perdue dans l'espace, incapable de quoi que ce soit qui me fasse me sentir vivante, qui me fasse me sentir moi. Papa m'a dit, je cite : "On aurait dû avoir un garçon."

Point positif :... »

*

— Mes parents vont me tuer s'ils voient mon bulletin scolaire… m'a-t-elle dit un samedi.

Je savais ses parents stricts, elle m'en parlait comme des bourreaux. Il leur arrivait d'écouter derrière la porte pendant nos leçons. Au moindre fou rire, ils intervenaient, parlant agressivement en chinois. Alors, Jenn redevenait la fille du lycée.

— T'inquiète pour ton bulletin, je peux arranger ça.

J'étais devenu maître dans l'art de la falsification des bulletins et je lui en fournis autant qu'il fallait pour qu'elle demeure la fille aux trophées.

« Daniel se débrouille bien en maths, il n'est pas bête mais j'ai parfois l'impression qu'il est trop gamin. Au moins il me fait rire.

Bien sûr, mes parents ne l'aiment pas, ils ont certainement trop peur qu'il ruine la vie de leur poulain de compétition.

Point positif : Papa est parti ce matin pour le Vietnam, il y restera deux ou trois semaines. Ça me fait un parent de moins à supporter. »

Une année de plus, j'ai traversé la ville entière en bus, chaque samedi, pour ne rien lui apprendre de nouveau. Jenn semblait pourtant s'accommoder de cette mascarade.

L'année de terminale, un peu avant le printemps, sa mère me congédia sous prétexte que les examens approchaient.

C'était une grande déception, une déchirure, parce que j'étais tombé amoureux de Jenn. D'une certaine manière.

*

Si elle avait seulement été absente de ma vie, j'aurais certainement pu le surmonter. Mais Jenn avait décidé de rester dans ma vie d'une autre manière. Déçue par ses résultats médiocres, elle n'hésitait pas à commenter mes interventions en classe de la manière la plus sournoise possible.

— Daniel, tu ne penses pas que tu aurais pu aborder ce sujet avant de parler de celui-ci ? C'est un peu maladroit, mais bon, c'est un parti pris après tout.

Les haussements de sourcil de Jenn.

Elle était passée de l'ignorance complète à la surconsidération. Le même jour, j'avais commencé à lire une nouvelle page de son journal pour découvrir que Jenn m'avait toujours méprisé :

« Papa veut que je sois la meilleure. Si, sur le bulletin, ma note n'est pas égale à la moyenne la plus haute, il s'énerve, me hurle dessus ou refuse de me parler pendant plusieurs jours.

Cet idiot de Daniel ne réalise pas ce qu'il est en train de faire. Il n'a pas besoin d'avoir de bonnes notes, il n'a pas besoin d'aller à l'université, c'est déjà un raté. »

Voici ce qu'elle écrivait sur moi dans son journal.

Je la détestais à nouveau. En fait, je l'avais toujours un peu détestée. À cause de sa grande maison, de ses parents qui faisaient attention à elle, de son air tiédasse, de ses mains moites. Je la détestais parce qu'elle m'ignorait complètement alors que je l'aimais. Je l'aimais en dépit de toutes les choses que je détestais chez elle, sans que ce soit très compréhensible pour moi.

Un jour, au milieu de notre guerre froide, mon téléphone portable se mit à vibrer.

Messages textes :

**Daniel, j'ai besoin de toi :/*

**Qui est-ce ?*

Je savais qui c'était, personne ne m'appelait Daniel, pas même mes parents. Tout le monde m'appelait Dan, à part elle.

**C'est moi, Jenn. Mes notes en maths sont pourries, Ryerson m'a jetée et les examens arrivent. Mes parents vont me tuer… j'en peux plus.*

« Mes notes en maths sont pourries. » Elle ne parlait pas comme la Jenn que je connaissais. Combien pouvait-il y avoir de personnes en une personne ?

**On ne s'est pas parlé depuis des semaines.*

Comprenant que j'attendais une explication, elle répliqua :

**C'est à cause de mes parents, je n'ai pas envie qu'ils sachent qu'on se parle encore… Ils ne voudraient pas.*

Jenn, Jenn, Jenn.

**Que veux-tu que je fasse au juste ?*

**Il faut que tu m'aides.*

**Je sais.*

Cette partie marque la chute de Jennifer.

Le jour de la remise de diplôme, Jennifer ajouta un accomplissement à son mur Facebook : « Étudie à l'université de Toronto. »

Sacrée menteuse. Jennifer ne pouvait pas aller à l'université puisqu'elle n'avait pas eu son diplôme. Cela faisait partie de son plan. Je lui avais fourni des documents administratifs, des lettres d'admission. Elle m'avait également demandé de l'accueillir quelques jours par semaine dans mon petit appartement étudiant pour maintenir l'illusion. Mademoiselle Pan était officiellement étudiante en pharmacologie à l'université de Toronto. La journée, elle enchaînait les petits boulots. Le soir, elle prenait des notes dans un carnet témoin qu'elle présentait à son père à sa demande.

Ses parents l'appelaient constamment, pour savoir où elle était, dans quel cours elle se rendait, ce qu'elle mangeait, combien de fois elle s'était rendue aux toilettes.

— Je pense que mon père appellera peut-être le secrétariat de l'université. Si je leur donne ton numéro… Tu pourras te faire passer pour le standard ?

J'étais le pantin de Jenn, trop profondément sous emprise pour oser questionner ses décisions. J'étais le standard, le professeur, l'ami, l'amant si elle le voulait.

En contrepartie, je m'autorisais toujours à feuilleter son journal quand elle n'était pas là. C'était un nouveau journal plus adulte à la couverture en cuir :

« *Rentrer chez mes parents pour le week-end n'était peut-être pas la chose la plus intelligente à faire. Nouveau défaut en date : je claque les portes au lieu de les fermer. Ils me saoulent avec leurs foutues portes, ils n'avaient qu'à construire une maison sans portes s'ils ne voulaient pas les entendre se fermer.*

Une graine a germé en moi, une forme d'amertume et de désolation.

Et dire que je fais tout ça pour leur faire plaisir.

Papa, maman, allez vous faire foutre. »

Un jour, Jenn a disparu. Elle n'a plus répondu à mes messages, a cessé d'aller travailler et de se rendre dans ses cafés favoris pour lire.

L'imprévisibilité de Jenn.

Quand je suis tombé amoureux d'une autre fille, mademoiselle Pan a de nouveau fait irruption dans ma vie. Comme une vieille carie qui se réveille. Elle m'a appelé en larmes, souhaitant justifier sa disparition soudaine après plusieurs mois. Elle s'était mise à pleurer, comme quand nous étions au lycée. J'imaginais son visage se tordre dans ce rictus gênant et chacun de ses mots sonnait comme un mensonge. J'ai simplement dit :

— Ce n'est pas grave, Jenn… Mais écoute, je suis un peu occupé, je suis au travail, je te rappelle.

Je me demande si, en discutant avec elle ce jour-là, j'aurais pu empêcher le drame, probablement que non. Qui sait ce qui se passait dans la tête de Jennifer ?

Elle m'a recontacté plusieurs fois pour me raconter des histoires invraisemblables, elle disait avoir besoin de moi pour la protéger. Elle n'hésitait jamais à accuser ma copine de faits graves comme de harcèlement alors qu'elles ne s'étaient jamais rencontrées.

Nous avons définitivement coupé les ponts après cet épisode.

*

Novembre 2010. Tous les gens de notre âge étudiaient, travaillaient ou enchaînaient les saisons de *How I Met your Mother*. Pendant ce temps, dans sa chambre d'adolescente, le volcan se réveillait.

Je travaillais ce jour-là. Je m'étais réveillé en retard, je me souviens m'être préparé en dix minutes chrono, il était trop tard pour déjeuner alors je comptais manger au restaurant. J'ai été surpris de ne pas me faire réprimander en arrivant par l'entrée employés. Tout le monde était trop concentré sur la préparation des pizzas ou bien sur l'écran de son téléphone. Je me suis changé et j'ai couru à mon poste, mais mon manager m'a brusquement interpellé :

— Eh gamin, viens voir ça !

D'un geste du menton, il a pointé la télé qui se trouvait dans l'angle de la pièce :

— C'est pas ta ville, ça ?

Oui, c'était Markham à la télévision. Plus que cela, c'était la maison de Jennifer Pan. Avec le bruit des fourneaux, je ne comprenais pas ce qui se disait.

J'ai dû attendre ma pause déjeuner pour pouvoir aller sur Internet et savoir ce qui s'était passé. En attendant, j'avais imaginé tous les scénarios imaginables et même regretté de ne pas avoir rappelé Jenn quand elle avait eu besoin de moi.

Un double meurtre avait été commis dans cette maison, la seule survivante était la fille de 24 ans. J'ai hésité à appeler Jennifer, finalement je ne l'ai pas fait.

Quelques semaines plus tard, cette photo d'elle, dans un sweat gris clair, était à la une de tous les magazines d'information. Elle avait l'air innocente, torturée, confuse.

Elle avait déjà évoqué la mort de ses parents dans son journal, en en parlant comme d'une forme de libération. Puisqu'elle n'arrivait pas assez vite, Jenn avait décidé de prendre les choses en main.

« C'est une histoire digne d'un film ! disaient les journaux. Cette jeune femme de 24 ans a engagé des tueurs à gage afin qu'ils abattent ses parents qu'elle décrivait comme trop stricts, voire abusifs envers elle. »

La pensée de Jennifer m'a accompagné pendant plusieurs semaines ou peut-être plusieurs années après ça. Le jour où j'ai dû rendre mon studio, j'ai retrouvé son journal de lycée dans un de mes vieux cartons.

Le 8 mars 2003, elle écrivait :

« La journée n'était pas si catastrophique que ça. J'ai eu une bonne note et papa m'a félicitée. Maman a préparé un bon déjeuner aussi.

Je dois continuer à faire des efforts pour qu'ils soient fiers de moi. Un jour, ils n'auront plus besoin de s'inquiéter car je serai la personne qu'ils veulent que je devienne. »

Le 8 mars 2010, Bich et Han Pan, les parents de Jennifer Pan, 24 ans, sont abattus dans leur propre maison. Jennifer, qui se fait d'abord passer pour victime auprès de la police, finira par avouer l'horrible vérité : ne supportant plus la pression que lui faisaient apparemment subir ses parents, elle avait décidé d'engager des tueurs à gage pour en finir avec eux.

Le 13 décembre 2014, la jeune femme et ses complices sont condamnés à la prison à perpétuité sans possibilité de libération conditionnelle avant vingt-cinq ans.

Au nom du père

Le meurtre des sœurs Saïd

Irving (Texas, États-Unis), 1er janvier 2008. Au commissariat de police, dans la nuit de la Saint-Sylvestre. L'atmosphère est froide, de nombreuses gouttes de sang tachent le carrelage blanc. Seul le grésillement des néons trouble l'interrogatoire…

— Je suis l'officier G.M. Reaper. Je vais vous poser quelques questions simples et vous devrez répondre avec le plus d'honnêteté possible. N'hésitez pas à entrer dans les détails, même ceux que vous pensez futiles. Ils nous seront nécessaires pour avoir une vision globale de la situation.

L'officier appuya sur le bouton *on* du magnétophone et d'une voix solennelle posa sa première question :

— Pouvez-vous décliner votre identité ?

— Je m'appelle Amina Saïd, dit l'adolescente. Je suis née en 1989, j'ai donc 18 ans maintenant.

— Pourquoi êtes-vous là ?

— J'ai eu une relation sexuelle avec… enfin, mon père. Mon père a abusé de moi. Il a aussi fait d'autres choses, dois-je tout vous raconter ?

L'officier acquiesça. C'était un grand homme au teint pâle qui inspirait confiance, il semblait être de son côté. Un ange chargé de rétablir la justice. Ça ne rendait pas les choses plus faciles, elle avait l'impression de trahir sa famille entière. Amina attrapa un vieux mouchoir qui traînait dans son jean et le plaça dans son nez qui s'était mis à saigner. Ça ne s'arrêtait pas.

— Il a aussi abusé de ma sœur je pense, j'en suis presque certaine. Nous n'en avons pas beaucoup parlé.

Il en voyait défiler beaucoup des gamines comme elle qui, après des années de torture, décidaient enfin de parler, peut-être un peu trop tard. Il prit l'air le plus préoccupé possible, il voulait qu'elle sache qu'il comprenait.

L'officier Reaper lui demanda combien de fois cet acte s'était produit mais c'était arrivé à de trop nombreuses reprises pour que l'adolescente puisse les compter. Cela avait toujours été là, sous une forme ou sous une autre, si bien que c'était entré dans sa normalité. Néanmoins, elle se souvenait du jour où cela avait pris une forme plus directe que les autres fois. Elle épongea le sang qui lui sortait de la narine et leva des yeux hagards vers l'officier.

— Excusez-moi, avez-vous quelque chose pour les maux de tête ? J'ai vraiment mal à la tête…

— Certainement. Je pourrais aller vous en chercher après l'interrogatoire si vous voulez bien.

Amina acquiesça.

Comment pouvait-elle raconter cet épisode sans sombrer dans une profonde gêne ? Elle aurait voulu s'arracher la peau en se souvenant de ce jour-là.

C'était un samedi où il n'y avait personne à la maison pour une raison qui lui échappait à présent. Son père l'avait emmenée manger une glace puis ils étaient rentrés. Ce jour-là, elle avait une migraine, elle avait dû refuser de voir le film qu'il proposait.

« Ça ne te dérange pas si je vais m'allonger un peu ? » avait-elle demandé et il avait répondu « Non, pas du tout ».

Elle s'était couchée dans ce lit, incapable de dormir à cause de cette migraine qui la torturait. Il était entré dans sa chambre sans frapper pour prendre sa température – après tout, c'était peut-être plus grave qu'une migraine…

— Mais non papa, je dois juste dormir et ça ira mieux.

Il avait posé sa main sur son front pour prendre sa température et avait décidé de s'allonger près d'elle pour lui tenir compagnie et voir si tout allait bien. Cette main avait glissé jusqu'à son t-shirt et jusqu'à sa poitrine. En état de choc, elle avait fait semblant de dormir.

L'officier attrapa son stylo et commença à noter quelque chose sur un calepin, il n'écrivait pas réellement. Il voulait simplement poser la prochaine question sans la regarder directement dans les yeux.

— Ce jour-là, il y a eu pénétration ?

— Oui c'est ça, dit-elle. C'est tout à fait ça.

— Pourriez-vous me décrire un peu votre père et votre vie ensemble ? continua l'officier.

Il s'appelait Yaser Abdel Saïd. Elle avait toujours pensé que c'était un bon père. Il avait émigré d'Égypte et essayait d'offrir une meilleure vie à ses enfants. Il était strict mais cela faisait partie de son éducation, pouvait-il réellement y échapper ? La vie avait été supportable jusqu'à ce qu'elles prennent conscience de leur corps de femme. Cet éveil avait été graduel et inconfortable. La pré-adolescence avait marqué le début du processus de « la honte ». Un piège savamment orchestré par les hommes de la famille.

— Un beau matin, nous nous sommes réveillées et nous n'avions plus le droit de porter des shorts, dit Amina. Il disait : « Les shorts, ce n'est pas pour les filles de ton âge, ça fait vulgaire. »

Elle disait cela en prenant sa voix ; à son agacement, on pouvait deviner qu'elle l'avait entendu un millier de fois.

— Du coup, avec Sarah, nous avons commencé à dormir tout habillées.

— Qu'avez-vous fait en réponse à l'incident ou au comportement ?

Amina sourit nerveusement. Rien, elle n'avait rien fait, que pouvait-elle faire contre son propre père ? C'était l'éducation qu'il avait choisie, elle ne l'avait questionnée que trop tard. Elle avait espéré fuir avec son petit ami mais n'en avait pas eu le temps. Bien sûr, sa mère savait ce qui se passait, comment pouvait-elle l'ignorer ? Sa mère avait toujours cet air de chien de battu, l'air de dire « je suis désolée de ne pas pouvoir te protéger », sans jamais rien faire pour l'extirper des sables mouvants. Il frappait fort, à coups de pieds ou de poings dans la bouche. Il frappait partout, tout le temps, sur le canapé ou dans la chambre.

— En fait, je crois qu'il n'a jamais réalisé ce qu'il faisait. Je crois qu'il est le produit d'une époque, d'une éducation, et je pense que c'est ce qu'il voulait nous inculquer d'une certaine manière…

La jeune femme réajusta sa position sur sa chaise. Elle sombrait, elle avait désespérément envie de dormir. Croyait-elle réellement ce qu'elle disait ? Il manquait un lien essentiel entre eux qui faisait de lui le prédateur et elles les proies.

*

Joseph Moreno

« Jojo, ne m'appelle pas, attends que je t'appelle. » C'est ainsi que Joseph avait été informé de la condition de prisonnière d'Amina. Comment pouvait-elle lui expliquer les circonstances chaotiques qui nuisaient à leur rencontre et à leur amour naissant ? Mais il lui fallait se confier, elle se devait d'être transparente, il fallait qu'il sache.

— Joseph, pourriez-vous décrire votre relation avec Amina ? demanda l'officier Reaper en mordant le bout d'un stylo.

Le jeune homme leva des yeux brillants au plafond. Il n'était pas facile de rester calme dans une telle situation.

— Une relation amoureuse, une relation amicale… Nous nous sommes rencontrés dans un cours de taekwondo, et depuis, nous sommes inséparables.

Le jeune homme hésita un instant avant de reprendre :

— Mais nous n'étions jamais tranquilles… En fait, elle s'imaginait que son père était partout, qu'il passait la journée à patrouiller dans son taxi pour la surveiller, des choses comme ça.

« On pourrait s'enfuir » lui avait-il dit un jour avec la naïveté d'un garçon de son âge, une naïveté appuyée d'une confiance si profonde qu'il avait réussi à l'ébranler. Elle s'était soudain prise à rêver qu'ils pourraient en effet s'en aller, n'importe où, mais surtout loin de cet endroit.

— Avez-vous déjà rencontré Yaser Saïd ?

— Si je l'avais rencontré, ça aurait certainement été la dernière personne que j'aurais vue. Il voulait ma peau, d'après Amina… Il voulait la marier à un vieux schnock en Égypte…

Leur rencontre avait marqué le début de la fin. Pour Yaser, Joseph était le serpent de la Genèse, le tentateur.

— Quand il a su pour notre relation, il a déménagé toute sa famille dans une autre ville. Je pensais qu'elle était morte.

L'adolescent leva à nouveau les yeux au ciel puis mit son visage dans ses mains.

— Combien de temps cela a duré ?

— Plusieurs semaines... Il voulait les contrôler à tout prix, mais je n'avais pas vraiment pris la mesure de la situation jusque-là.

*

Sarah Saïd

— Notre père avait acheté une maison de l'autre côté de Dallas-Fort Worth-Arlington. Nous étions comme des colis à l'intérieur de cette voiture ; où il irait, nous irions. Je pensais à Erik mais aussi au devoir d'anglais que j'allais certainement rater, un devoir important pour le semestre. Je ne crois pas que ma sœur pensait à quoi que ce soit, elle. Partir en pleine semaine, cela aurait été une aventure si nous étions encore enfants mais nous n'étions plus des enfants. Nous n'avions plus de téléphones portables pour communiquer avec l'extérieur. Nous ne savions pas où chercher de l'aide...

Sarah parlait beaucoup, elle semblait paniquée. Son t-shirt imbibé de sang coulait sur son jean.

— Sarah, avez-vous subi des abus de la part de votre père ?

Elle s'arrêta net.

— Pourquoi avez-vous besoin de le savoir ? On ne parle pas de ça là, non ?

L'officier Reaper se mordit la lèvre, il allait devoir insister :

— Vous devez répondre, pour les besoins de l'enquête... Quand il arrivera ici, il faudra qu'il ait une peine juste.

Une peine... Voulait-elle que son père aille en prison ? Certainement pas, mais il ne faisait rien d'autre que détruire la famille.

— Oui.

La réponse était oui. Pour elle, cela avait commencé dans une des chambres, puis un peu partout dans la maison, sous les yeux de leur mère qui feignait de ne pas voir. C'était sale, ça la poursuivait partout, quand elle écoutait une certaine musique, jusqu'au lycée. Ça tuait tout son bonheur à petit feu. Ce corps, elle essayait à tout prix de le cacher. Elle frémissait à chacun des compliments qu'il osait faire sur ses tenues ou sur son physique. À vrai dire, il lui arrivait de ne plus vouloir exister.

L'officier la fixait toujours, attendant quelques détails qui lui permettraient de comprendre la situation. Voyant qu'il n'obtiendrait rien, il poursuivit :

— Pouvez-vous me raconter les évènements du 1er janvier 2008 ?

La jeune femme fut gagnée par une autre crise de nervosité. Enfin, elle se détendit sur son siège. Cela durait depuis tellement longtemps, elle était fatiguée.

— Maman a eu le déclic un peu avant Noël 2007. Elle voulait qu'on parte, c'était génial. J'étais fière de sa décision, excitée de m'en aller et terrifiée à l'idée que notre père découvre notre plan.

Le 24 décembre 2007, elles avaient préparé quelques affaires, avaient prétexté des courses urgentes et s'étaient enfuies en pleine journée. Elles devaient résider chez de la famille et des amis en attendant de trouver une vraie location. Le 26 décembre, Yaser avait contacté la police pour signaler leur disparition. Le lendemain, leur mère appelait la police de Lewisville pour leur signifier qu'elles étaient saines et sauves. C'était l'espoir d'une vie meilleure sans les coups, sans les viols. Une vie qui leur appartiendrait.

— Malheureusement, dans les jours suivants, Maman a révélé toute sa faiblesse de caractère. Elle a appelé notre père et il a réussi à la convaincre de revenir.

— En êtes-vous certaine ?

— Il n'avait pas nos nouveaux numéros de téléphone…

Reaper acquiesça puis l'encouragea à continuer.

— Le 31 décembre, c'était un lundi. Maman nous a demandé de nous lever, elle souhaitait aller sur la tombe de sa mère comme elle le faisait apparemment tous les 31 décembre. Nous n'avions jamais entendu parler de cette tradition mais nous sommes montées dans la voiture. Là, elle nous a annoncé qu'au lieu de visiter le cimetière, nous rentrerions à la maison.

— Comment votre sœur a-t-elle réagi ?

— Elle a refusé de venir, elle est partie se réfugier chez un ami. Elle était terrifiée à l'idée de revoir notre père, et à juste titre... Mais Maman a réussi à la convaincre de revenir. Il régnait un calme assourdissant dans la maison, comme dans un mauvais rêve, comme pendant le calme avant une tempête. Je sursautais à chacun de ses pas. Curieusement, je pensais que dans ma chambre, là où il avait osé les pires des perversions, il ne pourrait pas m'atteindre, dit Sarah, un sourire désabusé sur le visage. En fin de journée, il a décidé de nous emmener dîner. Avec ma sœur, nous sommes montées dans la voiture en espérant que les choses s'arrangent. On a roulé longtemps, je me souviens que l'autoradio jouait ma musique préférée...

Sarah marqua une pause.

— Ensuite, que s'est-il passé ?

La jeune fille se leva, laissant couler des gouttes de sang rouge foncé sur le carrelage immaculé. Elle faisait les cent pas, les yeux plissés comme si elle tenait la réponse sur le bout de la langue sans pouvoir l'attraper.

Enfin, elle hurla de frustration :

— Je ne sais plus ! Je ne sais plus ! Ce n'est pas possible que je ne m'en souvienne déjà plus.

*

Amina Saïd

— Je n'aurais pas dû rentrer à la maison… Je savais ce qui se passerait si jamais je rentrais…

— Ah bon ? demanda l'officier, un air curieux sur le visage.

— Il souriait rarement avec les dents, ce n'était pas normal.

Yaser l'attendait sur le pas de la porte, un sourire carnassier sur le visage. Il lui avait promis qu'il voulait arranger la situation et qu'après cela, tout irait bien. Pourtant, rien ne pouvait être réparé. Ils joueraient peut-être la comédie, il leur laisserait peut-être du répit mais cela recommencerait tant qu'elles vivraient sous son toit.

— Le soir, il nous avait dit quelque chose comme « Super les filles ! Maintenant on va dîner ensemble ». On n'avait jamais fait ça avant…

— Vous a-t-il forcée à monter dans la voiture ?

— Si vous le connaissiez, vous sauriez que tout ce qu'il disait sonnait comme un ordre et nous avions peur…

Reaper hocha longuement la tête.

Amina se souvenait de ce taxi tout neuf et brillant. Sa mère avait demandé à venir mais lui avait refusé. Il voulait être en tête à tête avec ses deux petites femmes, ses deux bébés. Elle n'avait pas insisté. Ils avaient roulé, sans une parole et, semblait-il, sans but. Elle se souvenait encore de la musique diffusée par l'autoradio. Après tout, c'était un soir ordinaire, tant de belles choses pouvaient encore arriver.

— Ensuite, il est sorti de la route principale, il s'est garé sur un parking un peu sombre…

La jeune femme semblait chercher ses souvenirs dans un puits profond. Sans cesse, elle portait ses mains à son crâne comme pour forcer son cerveau à se rappeler.

— Je suis sûr que vous avez la réponse…

Amina se redressa sur son siège avec stupeur et se mit à hurler. Dans ses yeux, il ne pouvait lire que de la panique et de l'incompréhension.

— Il m'a tiré dessus ! dit-elle en pleurant. C'est ça, il m'a tiré dessus !

Le puzzle se mettait en place, l'impact, l'odeur de la poudre, l'agitation dans ces quelques mètres carrés.

— Et puis, il a tiré sur Sarah ?

Reaper acquiesça. Il était celui qui savait tout, il voulait simplement l'encourager à se souvenir. C'était seulement après cela que le processus final pourrait commencer.

— Et encore après ? demanda l'homme.

Amina s'affaissa sur sa chaise, heurtée par une affreuse réalisation.

— Je… Nous… Nous sommes mortes ?

*

Joseph Moreno

— La dernière fois que j'ai vu Amina, c'était l'été. Elle avait réussi à s'affranchir de la surveillance constante de son geôlier pour une journée totale d'insouciance dans un parc d'attractions. Elle avait dit à ses parents qu'elle se rendrait dans ce parc avec des amis, j'étais l'un d'entre eux. J'imagine, avec le recul, que c'était un cadeau pour elle-même alors que la menace pesante d'une séparation nous empêchait presque de respirer. Ce jour-là, nous nous sommes exprimés comme jamais nous n'avions osé le faire. Dans cet immense parc, nous étions perdus dans la foule, personne ne pouvait nous attraper. C'était pour nous le premier vrai moment d'insouciance en quatre ans de relation. Bien sûr, Amina voulait aller sur les montagnes russes du Titan, l'un des manèges les plus hard-core du parc. C'est assez intense. Les gens qui faisaient la queue devant nous ont abandonné à la dernière minute. Mais Amina n'avait pas l'air inquiète. Elle a insisté pour que nous attendions quelques minutes de plus afin de pouvoir monter dans la voiture de tête. « Ce sera amusant », a-t-elle promis. Ça l'a été.

Lorsque nous avons atteint la crête de la colline de 74 mètres et que nous avons commencé à plonger à toute vitesse, elle a élevé ses bras en l'air et je l'ai regardée. Elle souriait, c'était le plus grand et le plus beau sourire que j'avais jamais vu. Elle n'avait pas du tout peur.

Le 1er janvier 2008, Amina et Sarah Saïd, deux adolescentes texanes sont brutalement abattues par leur père Yaser Saïd sur le parking d'un hôtel.

Après des années d'abus sexuels et de maltraitance physique et mentale, les deux sœurs ont succombé au dernier assaut de leur malfaiteur.

Après une cavale de plusieurs années, Yaser Saïd est capturé le 26 août 2020 dans la ville de Justin, au Texas.

L'homme a été inculpé pour des accusations de meurtres passibles de la peine de mort et attend toujours sa sentence.

Dix ans de silence

L'affaire des séquestrées de Cleveland

Cleveland (Ohio, États-Unis), 5 mai 2013. Dans un quartier résidentiel, au 2209 Seymour Avenue, une grande maison blanche semblable à ses voisines se dresse...

— Maman, est-ce que je peux devenir présidente de la république ? demanda Jocelyn, l'air véritablement inquiet.

— Oui ma chérie, tu peux tout faire. Quand tu seras grande, tu iras à l'université et tu deviendras présidente des États-Unis, répondit Amanda, très sincèrement.

Il ne s'agissait pas de simples mots mais de prières lancées à l'univers. Si Jocelyn voulait devenir présidente de la république, cela impliquait qu'elles ne vivraient plus dans ce taudis pour très longtemps. De gré ou de force, elle devrait trouver le chemin vers la sortie, alors elles pourraient toutes les deux exister réellement en dehors de ces murs.

— J'aurais une grande maison pour moi, toi, papa et les tatas, continua la petite fille, galvanisée par les paroles encourageantes de sa mère.

À ces mots, Amanda fit une moue triste :

— Tu ne préférerais pas qu'on ait une maison pour toutes les deux ?

L'enfant ne répondit pas, trop occupée à dévorer ses traditionnels pancakes du matin. Jocelyn avait été la pire et la meilleure chose qui lui soit arrivée. D'abord, il y avait eu l'effroi, à la réalisation qu'il lui fallait pendant neuf mois porter l'enfant de son bourreau. Neuf mois pouvaient être longs si on avait l'impression d'être dévoré de l'intérieur par un corps étranger. Elle se souvenait s'être sentie comme une cave dans laquelle aurait poussé de la moisissure noire et récalcitrante.

Jocelyn n'avait jamais été l'enfant du bourreau. Elle avait toujours, en tout point, ressemblé à sa mère, et sans le savoir, elle représentait à présent son unique motivation. Même s'il fallait risquer sa vie en tentant de fuir, elle le ferait, pour elle. Cela faisait à présent dix ans qu'elle avait disparu, six ans qu'elle était mère, une éternité qu'on avait sacrifié sa jeunesse. Son envie de mettre la tête dans le four et d'allumer le gaz alternait à présent avec son désir de trouver une échappatoire.

Tous les jours, ces voix contradictoires agitaient son esprit, puisqu'il n'y avait rien à faire d'autre. Elle ne se sentait ni femme, ni être humain, mais objet, et de temps en temps, mère. C'était ce dernier statut, le plus récent de tous, qui lui permettait de garder la tête hors de l'eau. « Maman, pourquoi on ne peut pas sortir comme on veut ? » demandait parfois sa fille. Il était difficile de contenir toute l'énergie de cette petite fille en pleine croissance. Sa curiosité s'élevait au-delà des murs, au-delà des montagnes, jusqu'à l'océan Atlantique, et plus loin encore.

Jocelyn tempêtait, hurlait, éclatait de rire, sautait, pleurait, et tout cela dans le même mouvement majestueux de l'enfance. Parfois, elle s'allongeait sur le sol et observait le plafond comme on observe le ciel. Elle imaginait des formes mouvantes dans les taches d'humidité, qui mutaient jour après jour en différents animaux fantastiques.

— Aujourd'hui, ce sont des nuages, avait-elle un jour dit.

— Des nuages ? Pas de licorne ? avait demandé Amanda.

— Non, regarde, elles font de la pluie !

C'était vrai, ce n'était pas son imagination, il pleuvait. D'abord prise d'un émerveillement enfantin, Amanda réalisa bien vite que cette averse n'avait rien de fantastique, un des tuyaux dans le faux plafond avait lâché. Affublée de bottes de pluie trop grandes pour ses pieds, Jocelyn avait passé son après-midi à observer sa mère et ses « tatas » s'activer autour d'elle. Amanda, Gina et Michelle avaient déménagé le salon dans l'entrée pour sauver les meubles.

Les mains sur les hanches, elles se considéraient, l'air inquiet. Au retour du bourreau, ce ne serait pas la faute de la vétusté de la maison ou des travaux de plomberie sans cesse repoussés, mais la leur. Il les battrait, tenterait de les étrangler, et peut-être, cette fois-ci, réussirait-il à les tuer.

Gina avait alors dit : « Je dois partir d'ici. » Ce n'était pas la première fois que l'une d'entre elles décidait fermement de s'en aller, préparait un plan méticuleux dans sa tête, avant de reculer à la dernière minute, secouée par la peur des représailles. « Tu n'y penses pas » lui avaient dit les filles. C'était en partie parce qu'elles-mêmes n'avaient pas le courage de s'enfuir et que vivre dans cette prison à trois était mieux qu'y vivre à deux. Alors, Gina avait renoncé et elles avaient repris leurs activités. Activités qui consistaient à attendre, à supporter les assauts sexuels du bourreau, ses coups, à imaginer des plans d'évasion, avant de s'endormir en ayant trop pleuré.

Parfois, quand il n'était pas là, elles allumaient la télévision. Le journal télévisé les informait de grandes catastrophes qui rendaient presque leur vie supportable. Au moins, elles ne vivaient pas en Syrie ou dans un de ces coins du monde où les gens tombent chaque jour sous les bombes. La télévision était une bonne distraction de l'enfer et de la monotonie du quotidien. Amanda soupirait parfois en réalisant qu'un jour, l'enfer avait été son job étudiant chez Burger King.

*

— Eh, vous avez oublié les sauces !

La blondinette soupira, l'homme avait le profil typique de l'emmerdeur. Il avait garé son minivan sur le parking jouxtant le Burger King et se dirigeait maintenant à pied vers le circuit réservé aux voitures.

— Monsieur, le drive n'est pas fait pour les piétons. Rendez-vous au comptoir s'il vous plaît.

— Je veux juste les sauces que j'ai payées, ok ?

Il portait un jean à pattes d'éléphant et des tongs. Amanda esquissa un sourire avant de le réprimer brutalement.

— Je suis désolée, je m'occupe seulement de l'encaissement. Rendez-vous au comptoir à l'intérieur du restaurant, s'il vous plaît. J'essaie d'encaisser un client, vous êtes en train de ralentir tout le service.

— Eh, ma belle, tu peux juste te retourner et attraper de la mayonnaise et du ketchup derrière toi, ça prendra une seconde.

C'était le 21 avril 2003. La journée de travail avait été rude, le retour des beaux jours amenait toujours son lot de sales types qui semblaient hiberner tout l'hiver et fleurir au printemps. Elle détestait particulièrement ceux qui lui trouvaient des surnoms de vieux pervers comme « ma belle ». On voyait bien à son visage poupin qu'elle n'avait que 16 ans. Amanda alluma son walkman et lança *Cry me a river* de Justin Timberlake. Cette musique lui rappelait Connor, ses beaux yeux noisette et son caractère de cochon.

— Je n'ai pas envie qu'on soit plus qu'amis, lui avait-il annoncé la veille alors qu'ils étaient garés sur le parking d'un Walmart en train de se gaver de cochonneries. Je n'aurais pas envie de te perdre si jamais ça ne fonctionnait pas entre nous…

— Hum… Ok, avait-elle répondu, en ouvrant un nouveau paquet de Doritos.

Mais ce n'était pas ok, c'était la pire chose qui lui était arrivée depuis l'invasion de coccinelles de sa maison l'été d'avant. Ou, peut-être, depuis le 11 septembre 2001.

Il y avait seulement quelques mètres à marcher de la sortie employés du Burger King à son arrêt de bus. Bientôt, elle rentrerait chez elle et peut-être avalerait-elle un bol de céréales avant de sombrer dans un sommeil sans rêves, les yeux rouges de larmes. L'idée était tentante.

Le bus pourtant ne passa pas. Aucuns travaux n'avaient été annoncés sur cette ligne. L'adolescente appela sa mère pour lui dire qu'elle avait décidé de marcher et qu'elle arriverait donc certainement un peu en retard à la maison. À seulement quelques pâtés de maison du centre animé de Cleveland, les rues étaient sombres et désertes. En marchant vite, elle serait arrivée chez elle avant 21 heures. Dans les oreilles d'Amanda, la voix séduisante de Britney Spears avait remplacé celle de Justin Timberlake. C'était ainsi qu'il fallait qu'elle se comporte, en femme fatale, et Connor finirait par le regretter amèrement.

Perdue dans ses réflexions adolescentes, la jeune fille n'avait pas remarqué les faisceaux lumineux qui s'étaient arrêtés à son niveau. Des phares de voiture qui semblaient avancer au rythme de ses pas. C'est en diminuant le son de la musique qu'Amanda réalisa à quel point la rue était déserte et silencieuse. Il n'y avait que le vrombissement léger du véhicule pour troubler l'apparent calme de cette soirée de printemps.

Elle se retourna pour apercevoir un homme aux cheveux bruns, à l'air hispanique, au volant d'une vieille voiture qui n'inspirait pas confiance. Elle les connaissait, ces vieux dégueulasses de l'âge de son père qui se croyaient tout permis. Elle continua son chemin en accélérant le pas, comme si ses jambes pouvaient rivaliser avec les roues d'une voiture. Enfin, le moteur s'éteignit, ce qui surprit la jeune fille. Il fallut quelque temps à ses yeux pour s'habituer à nouveau à l'obscurité.

Elle se remit à marcher vite sans laisser le temps à ses pupilles de s'accommoder. L'homme qui était sorti de la voiture marchait vite, il avançait bien plus vite qu'elle et ne tarderait pas à la rattraper. Elle sentit une main l'empoigner. L'homme la traîna sur plusieurs mètres en direction de la voiture qui était garée quelques mètres en arrière. Il n'entendait ni les cris ni les supplications, comme un soldat en mission. Ça avait été aussi simple que ça. Amanda s'était débattue un moment, avait tenté de se jeter hors de la voiture à un feu rouge, puis s'était calmée. « Pense logiquement, ne pleure pas, pense logiquement » s'était-elle dit, mais aucune pensée logique n'était venue à son esprit.

*

« *Ma solitude me tue*

Je dois avouer que j'y crois encore

Quand je ne suis pas avec toi, je perds la tête »

Amanda fredonna les dernières paroles entendues avant que son walkman ne lui échappe des mains le soir du 21 avril 2003. Avec le recul, elles étaient presque prophétiques. Il lui arrivait parfois de penser à Connor, il était peut-être déjà marié.

— Maman, j'aime bien cette musique ! dit Jocelyn, les coins de la bouche collants de confiture.

— Tout le monde aime « Britley Spers », déclara Michelle en pénétrant dans le salon.

Amanda éclata de rire, les prononciations farfelues de Jocelyn étaient devenues une blague entre elles.

Comme tous les matins, elles se répartirent les tâches ménagères. Gina était la cuisinière attitrée, Amanda et Michelle se partageaient le nettoyage des différentes pièces. Le sol était nettoyé tous les jours mais ne gagnait jamais en brillance, cette maison était un véritable taudis. Ensuite, il y avait le journal télévisé à 12 heures, la lecture dans l'après-midi et l'attente angoissante du soir.

Auparavant, le bourreau était constamment à la maison pour surveiller ses proies. Il fallait les briser, tester leur loyauté. S'il laissait la porte ouverte, est-ce qu'elles finiraient par s'enfuir ? C'était un jeu malsain, une sorte d'*escape game* sans issue. Chacune d'entre elles était tombée dans le piège au moins une fois et chacune d'entre elles avait été sévèrement battue pour avoir suivi son instinct et sa soif de liberté.

Ce jour-là, le 5 mai 2013, Gina avait décidé de préparer des pâtes à la bolognaise. Cela faisait plusieurs jours que les trois captives réclamaient du parmesan au bourreau. Elles avaient dû insister longtemps, si les tomates pourrissaient, c'était trop tard. La veille, il avait cédé, balançant un paquet de parmesan bon marché sur la table basse du salon comme s'il était venimeux. Dans cette prison sans barreaux, la nourriture était véritablement la seule chose qui ravivait la joie dans tous les cœurs. C'était comme un spectacle, le premier comédien à apparaître sur scène était l'oignon rissolant dans l'huile, la base de tous les plats selon Gina. Elle n'utilisait jamais de recette : « *Todo está en la cabeza* » disait-elle. Quand elles avaient de la chance, elles partageaient une canette de bière en guise d'apéritif. Dans ces moments-là, elles commentaient l'actualité, parlaient du passé comme si la vie n'avait pas changé et riaient à gorge déployée.

Jocelyn, elle, n'avait pas d'amis de son âge et passait une grande partie de ses journées à regarder les voisins passer à travers la fenêtre. Elle se demandait si elle réussirait un jour à s'intégrer, quand ils seraient sortis de cette maison. Elle avait vu son père sortir. Elle savait comment faire, néanmoins il semblait que sa mère, elle, était complètement étrangère au concept de poignée de porte. Elle avait certainement peur de quelque chose dehors, si bien que son père lui avait recommandé de ne pas sortir.

Ce jour-là n'était pas un jour comme un autre car les enfants de la maison d'en face avaient eu un chiot qu'ils s'amusaient à asperger avec le tuyau d'arrosage. Aussi, il faisait beau et la vie reprenait dans cette avenue grise. Un chiot, c'était quelque chose de nouveau et de véritablement fascinant. C'était le signe qu'il y avait une infinité de choses merveilleuses à découvrir de l'autre côté.

— Mamaaaan ! hurla Jocelyn. Maman, les voisins ont un chiot ! Je peux en avoir un, moi aussi ?

— Il faudra demander à ton père ! lui répondit Amanda depuis la cuisine.

Jocelyn s'allongea sur le sol pour observer les taches au plafond. Quand il fallait demander l'autorisation à son père, la réponse qui venait immédiatement après était un non. Elle attrapa un livre de coloriage et tout son matériel de dessin. Remplir les formes de magenta ou de turquoise ne faisait pas taire les aboiements du chiot à l'extérieur, alors elle décida de monter à l'étage afin de terminer son œuvre d'art.

— Jocelyn, on déjeune ! cria Amanda en apportant deux assiettes pleines de pâtes à la bolognaise au salon.

Puisque l'enfant ne venait pas, elle monta à l'étage où elle trouva la petite fille endormie sur un matelas, le nez sur son cahier de coloriage. L'angoisse la saisit : était-elle une bonne mère pour l'enfant ? Aurait-elle dû essayer de s'enfuir plus tôt ? Elle balaya ces questions et descendit au rez-de-chaussée pour avaler son repas au goût amer. Ensuite, elle ferait une sieste près de sa fille pour tuer le temps jusqu'à l'heure du goûter où elles mangeraient peut-être encore des pancakes. Il y avait aussi ce livre qu'elle mourait d'envie de lire qu'elle commencerait peut-être.

— J'ai l'impression de tourner en rond, dit Amanda en repoussant son assiette.

Ces paroles étaient prononcées au moins une fois par jour par Gina, Michelle ou Amanda. Il était thérapeutique d'exprimer son profond ennui, son stress, ses peurs. Ces plaintes étaient toujours accueillies avec un profond regard de sympathie. C'était ainsi qu'elles se sentaient toutes.

— La première chose que je ferai en sortant d'ici sera de sauter dans un avion pour une destination tropicale, dit Gina.

— Moi, j'ai envie de manger ce fromage français, tu sais, celui qui sent vraiment fort ! annonça Michelle.

Amanda fit une moue de dégoût. Elles avaient joué à ce jeu une centaine de fois mais ce jour-là, elle avait une réponse différente à leur offrir. Une réponse concrète qui plantait l'évasion dans une réalité proche.

— Moi... j'achèterai un appartement.

Elles furent toutes les trois surprises de l'impact de ces paroles, de ce retour soudain sur terre. Oui, elles étaient encore jeunes, il y avait encore une vie à construire pour elles si elles le voulaient vraiment.

Le dîner fut aussi sombre que des funérailles. Quatre femmes perdues dans leurs pensées et une seule voix autoritaire qui résonnait sous la lumière blafarde du plafonnier. C'était à peu près ainsi tous les jours, mais le soir du 5 mai 2013, les ordres du geôlier étaient plus difficiles à supporter que d'habitude. En observant la sauce tomate collée sur sa barbe sale, Amanda réalisa qu'elles ne risqueraient rien aux yeux de la loi si jamais elles le tuaient. Elles auraient simplement tenté de se défendre, après tout... Cependant, il n'était pas facile de déconstruire l'image du monstre et d'oublier tous les coups subis. S'il le voulait, il pourrait la gifler là, maintenant, sans raison apparente ni préavis, il l'avait déjà fait. Si elles se rataient, ce serait elles qui finiraient dans une tombe et il n'aurait aucun mal à les remplacer.

Le barbu parlait souvent avec des gestes. Quand il voulait boire, il poussait son verre en direction de la carafe d'eau, et l'une d'entre elles s'empressait de remplir son verre. Quand il voulait être resservi, il avançait son assiette vers le plat et l'une d'entre elles s'empressait de remplir son assiette. C'était un homme bourru, brutal, mais peu intelligent. Il aurait été facile de le tromper mais il fallait sans cesse mesurer le poids du risque à prendre. De toute manière, Amanda en avait à présent l'intime conviction : elle reprendrait bientôt sa vie là où elle l'avait arrêtée. Quelque chose avait changé. Elle était prête à mourir en fuyant.

Le dîner se termina dans le calme comme il avait commencé. Ce soir-là, c'était Michelle qui était réquisitionnée pour accomplir le « devoir conjugal ». L'homme avait trouvé cette expression idiote pour se déculpabiliser des viols qu'il leur faisait subir. C'était des actes brutaux, barbares, sans considération pour leurs corps meurtris. Jocelyn, la plus belle des fleurs, était née de l'un d'entre eux.

Gina et Amanda débarrassèrent la table en silence, tentant d'ignorer les éventuels bruits qui filtreraient du premier étage. Elles avaient pris une décision, sans se consulter. Elles s'enfuiraient dès que la possibilité leur en serait donnée.

*

Quand Amanda se réveilla le matin du 6 mai 2013, sa fille avait disparu. Jocelyn n'était pas dans son lit et c'était très étrange car la petite fille ne quittait jamais la chambre sans sa mère. Elle suivait ce rituel très codifié depuis sa naissance : d'abord, les câlins du matin, et ensuite, le petit déjeuner de pancakes.

Elles étaient habituellement les premières levées, et en six ans d'existence, l'enfant n'avait jamais dérogé à cette règle.

Amanda déboula dans le couloir en criant le nom de la petite fille qui ne répondait pas. Elle n'était ni à l'étage ni au rez-de-chaussée. Il n'y avait pas assez d'endroits où se cacher dans cette petite baraque vétuste, alors une pensée affreuse lui vint soudain à l'esprit : c'était lui, il avait lu dans son esprit et s'il s'était enfui avec l'enfant. Ce n'était pas réaliste, il ne savait pas s'occuper d'une petite fille et il n'en exprimait jamais le désir, mais c'était peut-être la seule possibilité.

Michelle, épuisée après une nouvelle nuit de cauchemar, se retourna dans son lit : « Bon sang, qui hurle comme ça ? » pensa-t-elle. Elle venait de faire ce rêve fabuleux, récurrent, où, par un tour de magie étrange, elle arrivait à défoncer le plafond et à s'envoler dans le ciel bleu. Elle avait été brutalement ramenée à son quotidien morne et sale par la voix paniquée d'Amanda. Elle sortit de son lit au prix d'un effort considérable et descendit les marches qui devaient la mener au rez-de-chaussée.

— Elle a disparu, dit simplement Amanda en l'apercevant. Je te jure, je l'ai cherchée partout et elle a disparu…

Michelle soupira. Comment l'enfant avait-elle pu disparaître dans ce trou à rats ? Elle évoqua l'hypothèse de l'enlèvement qui ne parut pas plaire à Amanda. Gina arriva à son tour, toujours vêtue de son vieux pyjama violet, et se joignit à la conversation l'air préoccupé. Elle suggéra de fouiller tous les recoins de la maison jusqu'au sous-sol miteux où personne n'allait jamais.

C'était la pièce manquante du puzzle. En descendant les marches branlantes, elles aperçurent dans la pénombre une petite tête brune. Jocelyn était recroquevillée dans un coin de la pièce, assise sur un tas de carpettes sales. À la vue de sa mère, elle se mit à fondre en larmes.

— J'ai fait une bêtise, maman…

— Quel genre de bêtise ? Qu'est-ce que tu veux dire ? dit Amanda en prenant la petite fille dans ses bras. Elle n'avait jamais paru si bouleversée.

— J'ai appuyé sur la poignée et j'ai ouvert la porte. Papa ne va pas être content.

Jocelyn avait depuis toujours la conviction que son père pouvait l'observer en tout temps, comme s'il était une sorte de divinité.

— Tu as ouvert la porte ? Quelle porte ?

L'enfant parlait bien de LA porte. La grande porte d'entrée qui était toujours fermée à clé. Le petit groupe remonta à l'étage. Pour vérifier les dires de l'enfant, Michelle appuya lentement sur la poignée comme si elle pouvait déclencher une bombe. La porte s'ouvrit dans un grincement affreux qui était synonyme de liberté.

— Il nous teste ! dit Michelle en frottant les cernes qui creusaient son visage.

Amanda réfléchit un instant :

— Et s'il avait vraiment oublié ? Ce serait notre chance !

La dernière fois qu'elles avaient tenté de s'évader, il les avait battues avec des câbles électriques sous la menace d'un fusil de chasse. Gina tenta d'effacer ce souvenir douloureux en secouant la tête.

— Il faut tenter quelque chose, dit Amanda. Nous ne sommes pas obligées de sortir mais nous pouvons faire venir quelqu'un à nous…

Elle était déterminée. Son cœur battait d'excitation et de peur, et pour cause : même s'il ne rentrait habituellement que le soir, il pourrait aussi décider de leur rendre une visite surprise en plein après-midi, c'était déjà arrivé plusieurs fois.

Gina et Michelle restèrent plantées dans le salon, toujours un peu ensommeillées, et surtout confuses. Jocelyn s'approcha de sa mère et l'enlaça de ses deux bras comme pour lui donner du courage, c'était tout ce qu'il fallait à Amanda pour se décider.

La situation se présentait ainsi : la porte principale de la maison, la plus difficile à forcer, était ouverte. En revanche, la contre-porte était verrouillée. Ce n'était pas grave, il fallait simplement réussir à attirer l'attention d'un passant. C'était aussi simple que ça. Amanda présenta le plan à ses deux codétenues qui restèrent bouche bée.

— Je me mouille. Si c'est un test, vous pourrez toujours dire que vous ne saviez rien.

Il fallait éviter de penser à un retour prématuré du geôlier, ou bien au monde extérieur, à la famille qui attendait. Il fallait respirer et se concentrer sur le moment présent. Il faisait beau, quelqu'un finirait par passer. De son poste de garde, accroupie devant la porte, Amanda regardait défiler les voitures. Gina proposa à Jocelyn de la suivre à la cuisine afin qu'elles puissent préparer le petit déjeuner. Il était certain qu'elles-mêmes ne mangeraient pas.

Une voiture, deux voitures, trois voitures. Elles avaient l'impression de compter les moutons. À 8 heures, aucun individu n'était encore passé sur le trottoir qui faisait face à la maison. Les femmes attendaient, anxieuses, dans le silence le plus complet. Elles pouvaient presque entendre les battements de leurs cœurs.

— C'est lui ? hurla Michelle en se redressant sur ses pieds.

Reconnaissant la voiture du geôlier au loin, Amanda referma lentement la porte le cœur battant et les larmes aux yeux. Prostrée sur le canapé, Michelle observa le véhicule qui se rapprochait lentement avant de dépasser complètement la maison. Elles poussèrent un soupir de soulagement. À plusieurs reprises, elles crurent apercevoir cette maudite voiture, alors Amanda refermait précipitamment la porte et courait vaquer à ses occupations. Heureusement, ce n'était jamais lui.

Elles ne regardaient plus l'horloge ni même la fenêtre, quand un homme apparut finalement sur le trottoir en face de la maison. Il marchait tranquillement, comme s'il se promenait. Amanda, à quatre pattes, se mit à hurler à pleins poumons pour attirer l'attention de l'homme qui sembla confus.

En cette belle matinée, Angel Cordero effectuait sa promenade quotidienne. La vie était routinière dans ce quartier à majorité hispanique. Il ne se passait jamais rien de très extraordinaire. Ce jour-là pourtant, en passant devant une maison qui ressemblait à toutes les autres, Angel fut surpris par des hurlements. Il connaissait ce genre de hurlements de détresse, ce n'était pas des enfants qui jouaient, quelque chose se passait. En y regardant mieux, il put voir une femme derrière une fenêtre et une autre recroquevillée derrière une porte. C'était celle qui hurlait.

Gina soupira :

— Il va te prendre pour une folle…

La jeune mère n'entendait plus ce qui se passait autour d'elle. Elle était concentrée sur un seul objectif : attirer l'attention de l'homme. Elle crut mourir quand lentement, il se mit à marcher dans sa direction.

— Je m'appelle Amanda Berry ! Vous devez appeler la police !

Il porta l'index à son oreille pour signifier son incompréhension. Le mot « police », presque universel, attira son attention. Il y avait donc danger. Dans un anglais approximatif, il leur expliqua qu'il allait revenir avec quelqu'un avec qui elles pourraient véritablement communiquer.

— C'est foutu ! dit Gina en s'effondrant sur le parquet grinçant.

— S'il te plaît, tu peux arrêter de parler ? lui demanda Amanda, véritablement agacée.

Sans quitter son poste, la jeune femme se mit à tourner en rond. Chaque seconde sans voir cet homme revenir était une seconde de désespoir. Peut-être n'avait-il pas saisi l'urgence de la situation ?

Jocelyn observait la scène dans la plus grande des confusions. Contaminée par l'anxiété de sa mère, elle fixait l'avenue dans l'attente du retour de l'homme, elle avait cru comprendre elle aussi qu'il était leur seul espoir de sortie. Était-ce celui qu'elles attendaient depuis des années ?

Amanda courut à l'étage pour récupérer les rares photos de sa fille bébé ainsi que ses jouets préférés. « Ne hurle pas ! Reste calme ! » Il y avait une infinité de choses qu'elle souhaitait emporter mais peut-être valait-il mieux les abandonner à cet enfer. Elle prit le temps d'observer chacun de ces murs crasseux, le lit où elle avait dormi pendant six ans avec sa fille, là où elle avait été conçue. Toute cette maison la rejetait comme si elle était un organe étranger, elle n'appartenait pas à cet endroit.

Des voix masculines provenant du rez-de-chaussée la sortirent de sa torpeur. Elle crut d'abord à l'arrivée du bourreau, si près du but. Serrant l'ours en peluche de Jocelyn contre son cœur, elle dévala les marches des escaliers. Chacune des marches la rapprochait d'une délivrance prochaine ou de la plus sévère des punitions. Le cœur battant, elle pensa à tous les outils qu'il pourrait utiliser pour les torturer. Elle les imaginait en train de rouiller à la cave, attendant le prochain supplice.

Derrière la porte, deux hommes discutaient, observant le visage nerveux de Gina. Amanda perdit patience. Si le bourreau était rentré, elle se confronterait directement à lui, il n'était plus question à présent de s'agenouiller. En arrivant au rez-de-chaussée, elle tomba nez à nez avec l'homme hispanique, qui était accompagné d'un autre voisin. Était-ce réel ? Elle paniqua un instant, ayant l'intime conviction qu'elle rêvait. Puis, elle débita un discours bien rodé à l'homme qui parlait le mieux anglais. Elle s'appelait Amanda Berry, elle était enfermée dans cette maison depuis dix ans. Bien sûr, elle n'était pas seule, avec elle vivaient Gina De Jesus et Michelle Knight, elles aussi kidnappées plusieurs années auparavant. Elles n'avaient pas été tuées, elles étaient vivantes.

Les deux hommes entreprirent de défoncer la porte. Cela ne devait pas durer longtemps, et pourtant, cela dura une éternité. Les trois femmes se regardaient de temps à autre, incrédules, chacune consumée par sa propre angoisse. Chacun des coups de leurs sauveurs faisait trembler les murs de la maison, qui finirait peut-être par s'effondrer et disparaître comme un curieux cauchemar.

Les captives n'avaient plus ni faim ni soif, elles avaient atteint une forme d'immortalité en leur qualité de martyres. Toute leur attention se concentrait sur l'instant présent. Elles seraient bientôt délivrées de la matrice.

*

C'était une belle journée de printemps, comme le jour où elle avait été enlevée dix ans plus tôt. Devant la maison, les passants s'arrêtaient confus, chuchotaient en anglais ou en espagnol. Elle avait vécu parmi eux tout ce temps et ils ne l'avaient jamais su.

Elle imaginait le monde extérieur comme un essaim d'abeilles bourdonnant mais ses souvenirs l'avaient trompée. Dehors, il y avait une brise constante, un peu de soleil et le bruit du quotidien. Sortir de cette maison, c'était comme être attirée au sol par la gravité. Cela lui rappelait la sensation de lourdeur qu'elle éprouvait quand, enfant, elle extirpait son corps de l'eau d'une piscine. Le retour à la normale.

Jocelyn dans ses bras cachait son visage dans son cou les yeux fermés. Escortée jusqu'à une maison à proximité, Amanda s'empressa de demander le téléphone. Il fallait prévenir les autorités et le monde entier du fait qu'elle était toujours en vie.

« Au secours, je m'appelle Amanda Berry... dit-elle à bout de souffle. J'ai été enlevée et séquestrée pendant plus de dix ans. Je suis là, je suis libre désormais. »

Michelle Knight, Amanda Berry et Gina De Jesus ont toutes les trois été enlevées par Ariel Castro à respectivement 21, 16 et 14 ans. Elles sont restées captives de sa maison du 2209 Seymour Avenue pendant plusieurs années.

Les jeunes femmes subissaient les coups et les assauts sexuels répétés de leur bourreau.

Le 1er août 2013, Ariel Castro a été condamné à la prison à perpétuité, assortie d'une peine de mille années de prison.

Les liens du sang

L'affaire Dupont de Ligonnès

Nantes, février 2011. Au 55 boulevard Robert Schuman se dresse une jolie maison cossue des beaux quartiers nantais. Avec sa façade en pierre de taille et ses chiens-assis sur la toiture, elle inspire le confort et la quiétude…

Agnès

C'est dans les années 1980 que j'ai rencontré Xavier mais peut-être bien que c'est Xavier qui m'a rencontrée, qui m'a trouvée, qui m'a sauvée. Moi, la mère célibataire défiant toutes les lois préétablies de la société versaillaise.

C'était l'homme qu'il me fallait, un homme un peu rebelle, sortant des carcans, bien qu'issu d'une bonne famille. Aujourd'hui, je ne sais plus qui il est, mais l'ai-je jamais su ? Il m'arrive de l'observer par-dessus la fumée vibrante de mon café du matin, en sortant le linge de la machine à laver. C'est un homme éteint que j'ai en face de moi, un fantôme qui habite les couloirs de la maison et qui ne me dit plus rien.

C'est pourtant son ambition, ses mots, qui m'ont attirée dès le début, car Xavier parlait beaucoup. Lors des longues conversations qui étiraient les repas entre amis, il parvenait toujours à fasciner nos convives, à leur vendre un nouveau projet, une nouvelle philosophie. Polyvalent et polysémique.

Ce matin encore, il s'est réveillé tôt, son éternelle barbe de trois jours et ses yeux fatigués ne disent plus rien. Le stress le ronge, il m'évite, prend tous les détours possibles dans la maison pour ne pas me croiser. Il embrasse encore les enfants mais plus moi, il ne remarque pas la nouvelle chemise, le nouveau parfum. À mon égard, il n'a que des mots durs.

Dans le lit, je me tourne, je me languis. Si certaines femmes ont leur mari en horreur après quelques années… Moi, j'ai encore envie de lui.

— Hum hum…

La psychothérapeute m'interrompt régulièrement de ses « hum hum ». Est-ce un encouragement ? Dois-je encore parler de la détresse qui me ronge ? Ou bien est-ce le signe qu'elle comprend ? Nous avons certainement le même âge, peut-être qu'elle s'identifie. De ces séances, je tire plus de questions que de réponses. « Quand il y a un doute, il n'y a plus de doutes » m'avait-elle dit un jour. Alors, peut-être que mon mari ne m'aime plus.

Cette pensée m'obsède alors que j'attrape mon sac sur la petite table basse, que je m'installe dans la voiture et que je conduis jusqu'à une grande surface à proximité. Dans les rayons du supermarché, poussant lâchement mon Caddie, je n'entends plus qu'elle. Au-dessus de moi, des oiseaux. Il y en a souvent ici, tout comme à l'église de temps à autre. Les dimanches, il m'arrive de les observer au lieu d'écouter le culte, pour réprimer les larmes qui menacent à chaque instant de couler.

L'église est devenue mon refuge, les enfants traînent parfois des pieds pour y aller. C'est un des seuls endroits où j'aperçois encore le sourire de mon mari, un sourire timide, faux mais bien présent. J'aime me sentir perdue au milieu de ces rangs, je peux me laisser aller à ma vulnérabilité mais surtout demander à Dieu qu'il me rende ce qui m'a été pris. Peut-être est-ce une punition divine, mais je ne vois rien qui pourrait la justifier. Je suis une femme pieuse, j'aime mes enfants, les miens et ceux à qui j'enseigne à Blanche-de-Castille. J'aime mon mari. C'est certainement cela, la réponse : même les êtres les plus purs n'échappent pas à l'entropie du monde.

Fixant les poireaux, je me questionne. Si mon mari ne m'aime plus, dois-je encore lui préparer son dîner ce soir ? Je suis le spectre de moi-même dans ces grandes allées… Machinalement j'attrape, je pèse, je mets dans le panier. Si je faisais son plat préféré, peut-être cela arrangerait-il les choses… pour quelques heures.

Comme souvent, je repense à ce poème d'Alexander Pope :

Que le sort de l'irréprochable vestale est heureux !
Le monde oubliant, par le monde oublié.
Éclat éternel de l'esprit immaculé !
Chaque prière est acceptée et chaque souhait a démissionné.

« Et chaque souhait a démissionné »…

*

Xavier

Pour quelques heures. Faire semblant pour quelques heures.

J'ai toujours cru qu'on pouvait choisir sa vie, s'affranchir des lois dictées par la société. Monter sa propre boîte, devenir riche ou vivre aisément ainsi. Aurais-je été plus lucide si je n'avais pas grandi dans cet univers bourgeois qui me promettait la lune ? Avec un nom comme Dupont de Ligonnès, on peut certainement tout faire, cela inspire la confiance.

Après tout, c'était moi l'Élu d'après maman, celui qui sauverait le monde de la destruction. Celui qui les rapprochait tous d'un Dieu dans lequel je croyais à moitié. Maman s'était trompée de chapitre. Je ne suis pas Jésus, Mère, je suis le colosse aux pieds d'argile.

Je ne pensais pas que la peur et l'angoisse pouvaient être si difficiles à supporter. Elles sont les compagnes les plus fidèles, ne vous abandonnent pas du matin au soir. Quand vous accédez à quelques instants de gaieté, elles vous attrapent par la gorge et vous entraînent dans les tréfonds de votre esprit. Là, dans le noir, vous êtes seul. Une question en entraîne une autre, les portes ouvertes sont aussitôt refermées, il n'y a pas d'échappatoire.

Assis dans la voiture garée juste en face de la maison, phares éteints, le monde me paraît immensément grand et immensément stupide. Néanmoins, ici je me sens en sécurité. À la minute où je mettrai un pied dans cette maison, je sentirai le regard de reproche d'Agnès ou le regard d'amour d'Anne et je ne sais pas lequel est le plus difficile à soutenir.

La place de mari, de père, c'est savoir que plusieurs êtres dépendent entièrement de vous et trembler à chacun de leurs pas. Un rendez-vous chez l'orthodontiste, un stage de musique, une école onéreuse et vous observez la montagne de vos économies fondre comme neige au soleil. Je crois que j'ai toujours été un peu égoïste, aventurier, un caractère incompatible avec la paternité. Je suis à la fois dangereusement libre et confortablement piégé, ne bénéficiant d'aucun canal de sortie pour toute cette énergie qui est stockée.

À l'intérieur de notre maison aux volets noirs, les murs semblent s'affaisser pour m'engloutir tout entier mais ici, à l'abri des regards, j'ai trouvé une solution au problème.

*

Agnès

— Qu'est-ce que vous aimeriez pour le dîner ce soir ? J'ai acheté des aubergines, vous aimez bien les aubergines à la chinoise, non ?

Je joue le rôle de la mère de famille comblée mais les enfants ne sont pas dupes. Ils sont bien trop intelligents, mes enfants, jamais ils ne se laisseraient avoir par la comédie de leurs parents.

— Vraiment, fais ce que tu veux maman, répondent-ils unanimement.

Comme une ménagère des années 1950, j'enfile mon tablier et je commence par laver les aubergines. Ma mère m'a appris à bien laver les légumes, elle avait peur d'attraper toutes sortes de maladies. Il est impossible de laver une aubergine sans que le geste ait l'air sexuel… « Tu es en manque ma pauvre… » Je m'interromps en entendant un des enfants pénétrer dans la cuisine.

C'est ma belle Anne qui se lance dans un monologue sur un problème d'adolescent tout à fait futile. Je fais semblant de l'écouter en coupant les aubergines en morceaux.

— D'accord… et donc, ça te tracasse ?

Je donne des conseils bateaux, trop concentrée sur l'observation des aubergines. J'aime les voir griller dans l'huile de sésame et la sauce soja sucrée.

— Ah oui, je comprends ! Mais est-ce que tu ne pourrais pas lui en parler avant ?

À ma demande, Anne épluche un oignon sans cesser de parler. Nous partageons ensuite le fond d'une bouteille de vin, seulement quelques gouttes pour elle. J'ajoute les oignons coupés finement dans la poêle brûlante, puis j'observe ma création prendre lentement vie. Cuisiner est pour moi thérapeutique.

Les enfants ne parlent pas beaucoup mais j'ai peur qu'ils soient bien trop conscients de la situation, des mensonges, des tromperies et des perversités. Comme pour les protéger de la femme qui s'effondre, j'essaie d'être la mère rigide, au contrôle.

Quand Xavier rentre à la maison ce jour-là (comme s'il avait réellement été quelque part), je prends sur moi. Hier soir, nous nous sommes encore disputés à cause de l'argent… Je veux qu'il trouve un emploi stable et lui ne semble pas vouloir renoncer à son rêve de l'entrepreneuriat.

— Tu as l'air énervé… lui avais-je dit.

— Non, je ne suis pas énervé… avait-il répondu.

— Si, tu as l'air énervé.

Puisqu'il ne répondait pas, j'avais continué :

— Ce ne sont pas tes grands rêves qui vont payer les factures !

C'était cette phrase qui l'avait contrarié. Sans me répondre, il m'avait tourné le dos et avait posé sa tête sur son oreiller.

Sa tête est toujours ailleurs, loin de moi. Actuellement, elle est entre ses mains alors qu'il prend des nouvelles de la journée des enfants. Il touche à peine à son assiette mais semble presque comme avant. Comment était-ce avant ? J'ai du mal à m'en souvenir… J'ai l'impression que l'engelure a atteint toutes nos extrémités, que la gangrène les ronge depuis si longtemps qu'il est impossible de savoir à quel moment ils ont commencé à noircir. Il nous arrive encore quelquefois de rire à table mais ce n'est que pour mieux nous séparer dans le lit conjugal.

Plus tard dans la soirée, alors que les enfants se disputent pour le tour de vaisselle, j'observe mon mari. Il ne sait pas que je le regarde et quand il lève les yeux vers moi, il me fixe le regard vide, sans même une esquisse de sourire.

*

Xavier

Nous avons toujours eu de l'argent. Nous sommes une famille « aisée », nous faisons partie des « privilégiés » jalousés par la majorité des Français. Il faut bien maintenir ce train de vie, les voyages à l'étranger, les écoles privées des enfants, les petits luxes quotidiens comme les produits de marque au supermarché.

Agnès n'a jamais pris la mesure de mon ambition, du travail colossal effectué pour arriver jusque-là. Quand les affaires marchent, que l'argent rentre, tout va bien. En période de flottement, madame est énervée, madame remet en cause ma légitimité professionnelle et même paternelle. Cela dure depuis environ quatre ans, peut-être plus. Nous sommes-nous mariés seulement pour le meilleur ? La Bible dit : « L'amour est patient, il est plein de bonté ; l'amour n'est pas envieux ; l'amour ne se vante pas, il ne s'enfle pas d'orgueil, il ne fait rien de malhonnête, il ne cherche pas son intérêt, il ne s'irrite pas, il ne soupçonne pas le mal. » Je crois qu'Agnès n'a pas bien lu la sienne.

En tout cas, trouver une solution au problème même sans l'appliquer est déjà une libération. Alors on la garde au chaud, on la savoure, on se satisfait des nuits enfin complètes. Finalement, on peut regarder vers l'avenir, les portes de notre esprit s'ouvrent tout entières comme bousculées par de violents courants d'air libérateurs.

Le matin, au réveil, la compagnie de ma femme me paraît plus facile à supporter. Je lui caresse l'épaule et elle me sourit timidement, puis franchement. C'est étrange, elle a déjà l'air d'un cadavre.

Bam !

Bam !

Bam !

Une arme à feu est étonnamment lourde et légère à la fois. Quand je viens à la Jonelière, il m'arrive d'observer les arrivées au stand de tir, j'essaie de déterminer les raisons qui poussent ces gens à venir s'entraîner à tirer. Les habitués m'adressent parfois un bref mouvement de tête alors que je fume devant le bâtiment.

Leurs allées et venues me font penser à une valse. Chacun va tirer sur sa femme chiante en carton, sur son voisin m'as-tu vu en carton, sur son bambin qui hurle sans cesse en carton, avant de retourner à la mascarade de la vie quotidienne sans ressentir l'envie de les étrangler.

Il est très clair pour moi désormais que ce monde est incroyablement égoïste et vain. Malgré tout, j'ai initié Thomas et Benoît au tir, je ne sais pas s'ils apprécient réellement l'activité ou s'ils viennent par obligation. Néanmoins, j'aime les voir aussi investis et concentrés dans une tâche. J'aime jouer au papa.

Alors que j'écrase mon mégot, un individu que je n'avais pas entendu arriver m'apostrophe :

— Xavier !

Il s'appelle Christophe, c'est un homme costaud aux jambes très fines. Son débit de parole est tellement élevé que la plupart du temps, on ne le comprend pas, on fait semblant et on sourit quand il sourit. Aujourd'hui pourtant, ses mots sont très clairs.

— Tu viens souvent ici, on dirait ? Tes gamins ne sont pas là aujourd'hui ?

— Non…

— Tu t'entraînes pour buter qui ?

Le doute m'étreint… Aurait-il lu dans mon esprit ?

Ces secondes passent comme des minutes, chaque battement de mon cœur part au ralenti et la confusion me paralyse. Ses yeux croisent les miens, s'accrochent à eux. J'ai l'impression folle qu'il va se pencher pour m'embrasser tant son visage est proche du mien à présent.

Enfin, il éclate alors d'un rire franc à la Christophe. Je ne saisis pas la chance de répondre et le gaillard se dirige vers la porte d'entrée. C'était certainement une question rhétorique.

*

Agnès

— Il avait quelque chose de très étrange dans le regard l'autre soir… On aurait dit qu'il était énervé et s'il y a bien une personne qui devrait être énervée, c'est bien moi, non ?

— Avez-vous appliqué les méthodes que je vous ai énoncées l'autre jour ? demande la psychothérapeute.

— Mon mari ne parle pas… Je suis d'accord avec vous : la communication est la clé mais comment faire quand cette personne vous évite ? Comment entamer le dialogue avec une personne qui est irritée par votre présence ?

— Vous devriez certainement penser à la thérapie de couple !

Je souffle d'agacement et la psychothérapeute écarquille les yeux de surprise. Je lui signe un dernier chèque, je n'ai plus les moyens de payer ces séances qui ne mènent nulle part.

Mes pieds me guident mécaniquement jusqu'à ma voiture. Comme celle de Xavier, ma tête est ailleurs. Dans le rétroviseur intérieur, mes cheveux poivre et sel me narguent. Suis-je devenue une vieille peau ? Je pose la question à ma fille en rentrant à la maison. Surprise par cet excès de vulnérabilité, elle m'enlace en affirmant que je suis « la plus belle maman du monde ».

Je pose la question à cet ami par SMS, ce dernier me confirme que je suis la plus belle femme du monde. Ses mots me rassurent, bien que je ne l'aime pas. Il n'est qu'un autre homme qui me permet de satisfaire mes désirs charnels. Je sais que Xavier sait, qu'il s'est même fait à l'idée de cette relation partagée avec d'autres. Ailleurs, dans leur lit et dans leurs draps, j'ai l'impression d'être à nouveau une personne à part entière. À quatre pattes sur un matelas coûteux, il m'arrive de pleurer. Ces hommes en tirent de l'orgueil, croyant à ma jouissance, ignorant mon anxiété généralisée.

Je me demande quels secrets honteux cachent les autres couples si, même moi, madame parfaite, madame Dupont de Ligonnès, suis à ce point faillible.

*

Xavier

À la fin du mois de février, les choses se concrétisent dans ma tête. J'ai longuement envisagé les possibilités. S'il y a un moyen d'échapper au pire, je ne l'ai pas trouvé. À vrai dire, je ne me suis pas trop penché sur la question, elle aurait pu faire naître quelques sympathies à l'égard de mes futures victimes, elle aurait pu me faire reculer. Ils seront dans un monde meilleur après tout ça, en tant que fervents croyants, ce sera certainement le paradis.

Quand le vendeur de l'armurerie me tend les cartouches, j'en tremble presque mais je ne dois pas tressaillir devant lui. J'affiche un bon sourire de passionné pour n'éveiller aucun soupçon et je sors du lieu d'un pas franc.

Il n'y a pas 36 000 solutions pour s'affranchir à vie de ses responsabilités familiales, pour ne pas avoir à affronter le courroux de son épouse : soit on tue tout le monde avant de disparaître, soit on disparaît sans donner de nouvelles. Le problème avec cette dernière solution est qu'on peut toujours vous retrouver pour vous demander des comptes, des explications, un héritage.

Si vous choisissez de tuer toute votre famille, il faut être pointilleux sur les détails, ne rien laisser au hasard. Heureusement, ils sont nombreux à l'avoir fait avant vous, repérez toutes leurs erreurs pour éviter de les commettre à votre tour.

Achetez tout ce qui vous servira à commettre l'acte, n'omettez rien : choisissez l'arme, de préférence légère, dont vous pourrez vous débarrasser facilement si nécessaire. Utilisez un silencieux.

Prévoyez des sédatifs, des somnifères, pour rendre les victimes dociles et leur éviter trop de stress dans les derniers moments.

Achetez sacs-poubelle, gants en latex et produits d'entretien pour tout nettoyer. Achetez-les en faisant vos courses habituelles. Au milieu des tranches de jambon et du papier toilette, ils passeront inaperçus.

Où avez-vous prévu de commettre le crime ? Essayez de ne pas surprendre les victimes. L'idéal est d'agir quand ils sont chacun dans leur lit le soir, ainsi personne ne peut vous interrompre dans votre tâche. S'il y a lutte, vous pourrez toujours étouffer l'œuf dans la coquille, tirer plus de balles derrière la porte fermée.

Qu'avez-vous prévu de faire des corps ? Peut-être aurez-vous le courage de les démembrer et de vous en débarrasser par morceaux au cours de votre cavale. Le choix est risqué. Enterrez leurs restes dans un endroit que personne ne suspectera.

Puisque vous ne vivrez plus dans cette maison devenue scène du crime, vous devez la quitter proprement. Trop de précipitation pourrait éveiller les soupçons. Résiliez le bail par courrier, respectez le préavis. Ne faites pas de vague.

Quelques jours avant l'acte, clôturez les comptes bancaires.

Prévenez les écoles de votre départ précipité, parlez-en à vos proches également. Vous devez utiliser vos talents de conteur pour inventer quelque chose, n'importe quoi d'à peu près crédible. Peu importe, de toute manière, cela paraîtra toujours trop gros qu'après tant d'années, vous ayez décidé de vous en aller sur un coup de tête.

C'est une sensation étrange que de ne pas penser et d'avoir en même temps accès à tout ce que vous voulez savoir.

*

Agnès

C'est un Xavier mielleux que j'ai retrouvé aujourd'hui. Nous avons discuté de nos finances, il m'a semblé coopératif. C'est étonnant, ce changement soudain, je lui ai demandé en plaisantant :

— Tu n'essaierais pas de te faire pardonner ?

— Disons que j'ai simplement réalisé certaines choses, m'a-t-il répondu, optimiste.

Ce n'est pas la première fois qu'il a ce genre de regain d'énergie, alors je me méfie toujours. Néanmoins, je joue le jeu en espérant que c'est peut-être vrai, cette fois. Peut-être pourrons-nous marquer le 3 avril 2011 d'une pierre blanche.

C'est dimanche, ce matin, j'ai décidé de me lancer dans la préparation d'un brunch. C'était une de nos traditions quand tout allait bien. Xavier a préparé sa fameuse omelette baveuse au fromage, comme avant.

Nous avons déjeuné devant un vieux film idiot qui nous fait tous mourir de rire. Les enfants ont proposé une soirée « dîner-cinoche » parce que cela faisait longtemps. Xavier a paru enthousiaste et s'est même mis à chercher un bon restaurant sur son téléphone portable.

Quand j'ai croisé son regard par-dessus les têtes des enfants, c'était celui de mon mari.

*

Xavier

Nous sommes allés dîner dehors, nous sommes allés au cinéma, et puis aux alentours de 22 h 30, nous sommes rentrés. Je laisse un message sur le répondeur de Christine, ma sœur, dont j'ai manqué l'appel. Il est 22 h 37, tout va bien, je suis serein et apaisé.

« On était au cinoche en famille, et au restaurant ensuite et on rentre juste – donc je t'ai envoyé un petit truc pour te demander si c'était trop tard pour le téléphone et puis là je vois que tu es sur ton répondeur. Si c'est pas trop tard, tu me rebipes, ou tu m'envoies un petit SMS et je te rappelle. Là je vais coucher les enfants, dire bonsoir à tout le monde. À tout de suite !... Peut-être... »

Chacun vaque à sa routine du soir, les allées et venues sont comme ralenties par une force invisible. C'est la dernière fois qu'ils se verront dans le miroir, se brosseront les dents ou les cheveux, s'allongeront sur leur matelas confortable. Le dimanche soir, c'est toujours un peu la course. Je reste en bas assis sur un canapé à la lueur d'une petite lampe, et puis je les appelle. J'ai une surprise pour eux : des coupes de vin rouge coupé au somnifère.

— C'est pour fêter la fin de cette belle journée ! Votre tante m'a envoyé cette bouteille et j'ai pensé qu'on pourrait l'ouvrir ensemble.

Après cette bonne soirée, personne ne se méfie. Agnès dit quelque chose comme « À de meilleurs jours ! ». Tout le monde attrape une coupe de poison et tout le monde termine son verre. Chacun monte dans sa chambre, on se dit bonne nuit, adieu, à bientôt ! Peut-être…

— Extinction des feux, les enfants, on éteint les téléphones maintenant !

Ils grognent mais finissent par obéir, comme toujours. Dans la salle de bains, je m'asperge le visage d'eau, et puis je fixe longuement le miroir. « As-tu l'air triste, Xavier ? Non, tu n'as pas l'air triste. »

Agnès ne me demande pas pourquoi je ne viens pas, elle pense certainement que je vais travailler encore un peu, ce n'est pas inhabituel. Je tourne en rond dans l'entrée, dans l'incapacité de dormir et dans l'attente de pouvoir mettre mon plan à exécution. J'anticipe l'accalmie, je sais que le silence sera bientôt maître de cette maison pour toujours. En attendant, j'attrape un livre dans la bibliothèque. *Thérèse Raquin*, un classique que je dois commencer depuis longtemps. Je lis les premières lignes, me laisse entraîner. J'aime Zola, ses descriptions crues et pragmatiques. J'aime particulièrement ses descriptions anatomiques sans fioriture. Je me verse un dernier verre de vin rouge. « *Que se passait-il dans cette misérable créature qui vivait juste assez pour assister à la vie sans y prendre part ? »*

Le chemin pour aller au sous-sol et ouvrir le coffre où je cache mon 22 long rifle semble durer de quelques secondes à plusieurs heures. L'arme est bien cachée, elle n'a pas bougé et elle est déjà chargée. Je la soupèse en pensant brièvement à mon père qui m'en a fait cadeau, puis je me décide à repartir par le chemin inverse. Une infinité d'images issues de la culture populaire défilent dans ma tête : l'assassinat de John Fitzgerald Kennedy, Jack Nicholson dans *Shining*, Ronald DeFeo Jr. Un concentré de brutalité et d'hémoglobine. Il faut se mettre en mode auto-pilote et arrêter de penser. Si un sentiment humain, ne serait-ce qu'un seul petit, s'infiltrait, si jamais la carapace se fissurait, alors ce serait foutu. Ne pas penser, agir, comme un automate.

Quand je pénètre dans la chambre que je partage avec Agnès, il est 3 heures du matin, l'heure du démon. Je ne prends pas le temps d'observer ma femme ni même de retirer son respirateur, je dégaine l'arme à feu sur sa tempe et j'appuie sur la détente à deux reprises. Le silencieux avale le bruit des tirs. Au rez-de-chaussée, les chiens s'agitent ; pourtant, il est impossible qu'ils aient entendu quoi que ce soit. On dit qu'ils sentent ces choses-là. Je n'ai pas d'ordre précis en tête ni de rituel.

Je me rends dans la chambre d'Anne qui dort profondément, ses cheveux châtains sont dispersés harmonieusement sur son oreiller, ses lunettes de vue posées sur la table basse. Demain, son établissement scolaire recevra une lettre l'informant que nous avons déménagé en Australie. Ce sera certainement le plus long voyage de sa vie.

Je vise la tête, appuie à deux reprises sur la détente et son corps semble soudain se détendre, s'enfoncer dans le matelas et ne faire plus qu'un avec lui. Tout comme sa mère, elle n'émet aucun bruit, ne gémit pas. Un instant, elle était là, et l'instant d'après, elle n'est plus là, tout simplement. Les chiens hurlent une nouvelle fois comme s'ils avaient vu un fantôme, l'idée de les abattre me traverse brièvement l'esprit mais je renonce. Ils sont moins importants, je m'occuperai d'eux plus tard.

À pas de loup, je pénètre dans la chambre d'Arthur. Je fais attention, avec son gabarit, c'est le seul qui pourrait essayer de me combattre si jamais il se réveillait. Il ne le sait pas mais il n'a plus de mère ni de sœur. Il serait dévasté de l'apprendre. Il n'a aucune conscience du fait que sa vie a profondément changé, et qu'elle s'arrêtera bientôt.

Sa respiration est légère, il se retourne dans son lit et je crois qu'il ouvre les yeux un instant. Je ne bouge pas, le souffle court. Ai-je mal dosé le somnifère ? Il soupire, se frotte les yeux.

Je ne bouge pas.

Finalement, il se rendort. Je me rapproche de son lit en évitant les coins du parquet qui grincent et je lui tire deux balles dans la tête. Même phénomène. Je sens son âme quitter son corps, qui s'enfonce profondément dans son matelas. Arthur aura 20 ans pour toujours.

En entrant dans la chambre de ma dernière victime, je suis surpris par un phénomène qui bouleverse complètement ma sérénité. Je trouve mon fils de 13 ans assis sur son lit, droit comme un piquet.

— Que fais-tu ? Tu ne dors pas ?

Benoît n'est pas somnambule ; pourtant, à cet instant, je doute qu'il soit conscient de ce qu'il voit. Je secoue une main, il ne réagit pas. Je ne peux pas être sûr qu'il ne comprenne pas ce qu'il est en train de voir, il est peut-être tout à fait éveillé mais choqué. Peut-être que le somnifère n'a pas eu l'effet escompté sur son organisme… Je n'avais pas prévu une telle difficulté, je panique un peu, et depuis la porte, je tire deux balles au niveau de sa poitrine. L'entraînement a payé, mon fils s'affaisse sans bruit. J'ai une pointe de scrupule en m'approchant de son corps encore chaud, je la chasse vite de mon esprit et envoie deux balles dans sa tête.

Après cela, je m'effondre à genoux, l'arme entre les jambes. Je pourrais essorer mon t-shirt tant il est trempé. Je souris, c'était certainement le dernier tour de mon charmeur de fils. Je fais un dernier tour des chambres pour m'assurer que personne n'a bougé. Ils dorment tous, mais sur leur oreiller, le sang se répand lentement. Dans la maison, il y a une odeur particulière que je ne saurais décrire.

Je ne parviens pas à dormir, j'écris des lettres que je finis par jeter à la poubelle. Je nourris les labradors qui ont cessé de beugler et je me prépare un café. J'essaie de répondre à quelques mails pressants, j'envoie un message à mon fils Thomas lui demandant de rentrer à la maison en urgence. Thomas fait ses études loin de la maison, il a pris son envol. L'arme l'attendra bien sagement, il reste encore assez de balles pour lui.

Je remonte à l'étage quelques fois pour m'assurer que personne n'a bougé, et sans surprise, personne n'a bougé.

Je m'assoupis quelques minutes sur le canapé, *Thérèse Raquin* sur les genoux. « *Les cadavres restèrent toute la nuit sur le carreau de la salle à manger, tordus, vautrés, éclairés de lumières jaunâtres par les clartés de la lampe que l'abat-jour jetait sur eux. Et, pendant près de onze heures, jusqu'au lendemain vers midi, madame Raquin, roide et muette, les contempla, à ses pieds, ne pouvant se rassasier les yeux, les écrasant de regards lourds.* » À mon réveil, le soleil émerge lentement sur le monde, engloutissant l'obscurité comme si cette nuit n'était jamais arrivée.

Mon téléphone portable indique le 4 avril 2011, 6 heures du matin. Un bus vide passe devant la maison, j'allume une cigarette.

Dans la nuit du 3 avril 2011, Xavier Dupont de Ligonnès abat sa femme et trois de ses enfants. Thomas, son deuxième fils, mourra lui aussi d'une balle dans la tête et de deux balles dans le thorax dans la soirée du 5 avril 2011.

Les corps ont été retrouvés sous la terrasse de la maison, soigneusement enveloppés dans des draps par le meurtrier.

Vivant ou mort, l'homme n'a cessé de faire parler de lui depuis la disparition de sa famille. Le mystère plane sur les motivations de ce massacre familial.

À l'heure où ce livre est imprimé, Xavier Dupont de Ligonnès est toujours activement recherché par les autorités internationales.

Petit meurtre en famille

L'affaire de la petite Fiona

Clermont-Ferrand, mai 2013. Dans un petit appartement de la rue Goncourt, où des barres d'immeubles gris se font face…

— De toute manière, tu gâtes trop tes filles, avait dit Berkane en trouvant la poupée dans le sac de courses.

C'était une petite Barbie en promotion qu'elle avait achetée pour sa cadette Éva, sans raison apparente. La jeune femme soupira sous les yeux accusateurs du gros chat qui trônait sur le comptoir.

— Et lui, il n'a rien à faire à la cuisine, continua son compagnon en délogeant la bête d'un seul coup de main.

Cécile décida pour la énième fois d'ignorer Berkane, retira la poupée de l'emballage et la plaça dans les bras de sa petite fille. L'enfant sourit, contenant son excitation de peur d'agacer le beau-père qui s'élevait à plusieurs mètres au-dessus d'elle. Elle avait compris que c'était là en quelque sorte un cadeau interdit.

— Eh, tu m'écoutes ? continua l'homme, nerveux, cigarette entre le pouce et l'index.

— C'est bon, tu me laisses tranquille maintenant, j'ai compris !

L'homme observa cette petite femme ronde, ses joues roses, ses yeux qui lui donnaient l'air d'être toujours au bord des larmes. Cécile ne semblait pas comprendre que sans lui, elle ne s'en sortirait jamais ; c'était une sorte de femme-enfant qui avait désespérément besoin d'une direction à suivre. Elle n'était ni assez indépendante ni assez intelligente et elle lui faisait presque pitié.

— Pourquoi tu me regardes comme ça ? Je ne vais pas te taper !

Il sourit et l'attira à lui mais elle ne s'abandonna pas dans ses bras, elle restait droite comme un piquet.

Jamais un homme n'avait su la respecter, ils étaient tous là à lui dire ce qu'elle devait faire, comment elle devait s'habiller ou élever ses enfants. C'était pour elle tout aussi insupportable qu'indispensable. Elle avait besoin d'eux autant qu'elle les détestait, alors elle s'accommodait des remarques afin de ne pas mourir toute seule.

Elle n'aurait jamais dû tomber enceinte, et surtout pas deux fois de suite, elle aurait dû réfléchir davantage avant d'accepter de mettre au monde des filles qui, comme elles, souffriraient certainement aux mains d'hommes égocentriques. Mais elle n'avait pas de point de comparaison, elle classait tous les hommes avec qui elle avait couché du pire au moins pire. Aucun d'entre eux n'irradiait une grande bienveillance, ils lui disaient des mots doux pour avoir ce qu'ils voulaient. Les plus galants l'invitaient au restaurant, lui offraient une drogue quelconque qu'elle ingérait sans questionner sa provenance. Finalement, ils s'évaporaient dans la nuit après avoir joui dans un bout de plastique. Elle ne dormait jamais quand ils partaient, elle gardait les yeux ouverts toute la nuit par stupeur, en réalisant qu'elle s'était à nouveau fait duper.

Devant l'école où elle venait chercher sa fille aînée, elle s'amusait souvent à jouer à la maman idéale. Elle pouvait certainement essayer d'être une bonne mère, à défaut d'être une bonne femme. Il existait une hiérarchie même dans les groupes de mamans. Les plus fortunées, qui venaient chercher leurs petits bouts de chou en 4 × 4 formaient un cercle restreint. Elles semblaient épanouies, éternellement jeunes, minces et dynamiques. Elles avaient des emplois de bureau, celles-là, des postes à responsabilité, elles mangeaient tous les midis au restaurant avec les collègues. Cécile aurait voulu avoir la chance de leur ressembler mais elles n'appartenaient pas au même monde. Un voile invisible les séparait, blanc et brillant de son côté et certainement terne et insignifiant du leur.

Au même moment, dans une salle de classe colorée se tenait « la maîtresse ». Émilie s'était faite à ce titre qui semblait faire d'elle une vieille dame à tout juste 26 ans. Il était agréable d'être la maîtresse, celle qui avait toujours raison. Elle aimait entendre ces petits humains l'utiliser comme argument d'autorité : « Non, on ne peut pas jouer sous le préau, c'est la maîtresse qui l'a dit. »

Elle était, après leurs parents, le premier garde-fou de ces bambins, le premier médiateur, le premier confident. Pour tous, à part pour la petite blonde solitaire : Fiona.

Au premier abord, Fiona était une enfant normale, peut-être plus timide que la normale. Certains lundis, c'était la petite fille la plus joyeuse du monde ; d'autres, elle semblait traîner tout le poids du monde sur ses épaules. Émilie avait de l'expérience avec les enfants, elle savait que leurs joies et leurs chagrins étaient toujours temporaires. À la fin de la journée, s'il ne s'était rien passé d'extraordinairement joyeux ou d'extraordinairement triste, ils ne gardaient que très peu souvent l'empreinte de ces émotions.

Ce n'était pas le cas de Fiona. Certains jours, il y avait dans ses yeux le voile d'une vieille âme tourmentée. En arrivant dans l'école, la maîtresse s'était renseignée auprès des autres maîtres et maîtresses et auprès du directeur :

— La petite Fiona, il y a quelque chose à savoir sur elle ? De temps en temps, elle est en retrait par rapport à ses camarades…

— Non… C'est dans sa nature, tu t'en fais pour rien.

Ils s'en fichaient. Émilie devinait qu'ils ne voyaient plus cette mission importante que comme un travail. Ils étaient parfois impatients, haussaient un peu plus le ton, punissaient davantage qu'à leurs débuts. Ou bien c'était peut-être elle qui imaginait, qui extrapolait.

Après avoir aperçu un hématome sur le cou de l'enfant, elle s'était persuadée que quelque chose clochait. Depuis, elle portait plus d'attention à la petite fille. Le corps enseignant pensait qu'elle était trop sensible, trop jeune, trop consciencieuse. « Ah bah voilà encore Émilie et ses théories du complot » disaient-ils à chaque suspicion de la jeune femme.

La maîtresse jeta un œil à sa montre, puis à ses élèves concentrés sur leurs coloriages. Son regard s'arrêta sur Fiona ; encore une fois, elle l'observa longuement. De sa fenêtre, elle pouvait voir le gardien ouvrir la grille. Il était déjà 16 h 30. Elle avait déjà rencontré la maman de Fiona, elle avait toujours l'air un peu perdue mais tout à fait ordinaire. L'enfant semblait aussi adorer son beau-père qu'elle appelait même « Papa ».

Émilie ôta ses lunettes et les déposa sur un coin du bureau, puis la cloche se mit à sonner provoquant l'agitation collective. « C'est l'heure des mamans ! » hurlèrent les enfants en chœur. Oui, c'était l'heure des mamans et elle devait arrêter de s'inquiéter. Elle n'était que la maîtresse.

Cécile observait la grille ouverte, un raz-de-marée d'enfants ne tarderait pas à s'échapper de cette brèche, et parmi eux sa fille Fiona. Elle passait du temps à observer les enfants de ces autres femmes, les marques des chaussures ou des sacs à dos. Elle avait l'impression qu'au final, ils se ressemblaient tous. La jeune mère passa une main sur son ventre dans lequel son bébé s'agitait. Cette fois-ci, ce serait un garçon, et cela valait mieux pour lui. Fiona fut l'une des dernières à sortir ce soir-là. Comme toujours, elle scrutait tous les visages qui s'amoncelaient devant la grille de l'école. Cécile ne s'avançait pas, elle attendait le moment où sa fille la reconnaîtrait dans la foule et où son visage s'illuminerait. Chaque parent autour d'elle vivait ce doux moment d'émotion qui ne perdait jamais en chaleur.

La petite blonde leva un visage pâle vers sa mère et esquissa un bref sourire. C'était le signe que quelque chose n'allait pas. Le cœur de Cécile s'arrêta presque dans sa poitrine en pensant à l'épisode de la veille. Elle n'avait pas pu arrêter Berkane quand les coups s'étaient mis à pleuvoir. Si ce n'était pas ses filles, c'était elle qui les recevrait, alors lâchement, elle les laissait subir.

— Tu en fais une tête, ma chérie !

Elle jouait la comédie de la famille heureuse. Fiona avait un grand nombre de raisons d'être triste, elle le savait bien, elle n'avait pas besoin de lui poser la question.

— Non, ça va !

La petite fille aux lèvres blanches semblait se réveiller d'un profond sommeil. Elle ne se plaignait plus de ses blessures, elle avait trouvé des méthodes pour supporter la douleur puisque c'était tout ce qu'elle connaissait.

Le retour à l'appartement se fit en silence. Elles marchèrent lentement, comme pour retarder l'arrivée à leur grotte. Cécile parla beaucoup, par culpabilité, et promit d'offrir à Fiona un grand nombre de choses matérielles dont elle n'avait pas besoin.

— Tu te souviens du petit vélo du catalogue de Noël ? Tu aimerais toujours l'avoir ?

— Oh oui ! s'exclama Fiona, revenant soudain à son état de petite fille.

— On ira le voir ce week-end, ça te dit ? demanda la maman.

C'était contre-productif, comme déposer des pétales de rose sur une fosse à purin, mais c'était tout ce qu'elle savait faire.

*

C'était toujours le même scénario : Berkane assis dans le canapé, une cigarette au bec, monopolisant la télévision. Souvent, la petite Éva pleurait dans l'indifférence la plus complète. Ce soir-là, elle dormait à poings fermés.

Le goûter ressemblait à un interrogatoire. Si elle semblait changée, le beau-père demandait à l'enfant de décrire toute sa journée. Avait-elle retiré sa veste ? Même s'il faisait chaud, elle devait la garder. Elle ne devait pas participer au cours de natation même si elle en mourait d'envie. Enfin, elle ne devait pas parler. De toute manière, il le savait, elle avait tellement été bâillonnée qu'elle s'était enfoncée dans son mutisme.

— C'est bien, Papa t'aime ! dit Berkane. Regarde ce que j'ai acheté pour toi !

Il tendit à Fiona une Barbie neuve sous les yeux inquisiteurs de Cécile. Elle reconnut la poupée qu'elle avait achetée plus tôt dans la journée. Fiona porta la poupée à son cœur puis continua à manger son pain au chocolat. Si elle était une bonne fille, les choses se passeraient bien ; il fallait écouter et obéir, être disciplinée.

— Pourquoi ne peux-tu pas écouter et être une bonne fille ? disait souvent sa mère en pansant ses blessures. Papa t'aime mais il faut que tu l'écoutes !

Elle ne faisait qu'écouter, parfois elle ne comprenait pas très bien pourquoi les choses tournaient mal.

Le dîner se déroula sans encombre. Berkane avait décidé de régaler toute la famille avec des pizzas d'un vrai restaurant, pas les surgelés. Il avait fait passer cela pour une de ses surprises mais c'était Cécile qui avait payé. Il voulait toujours avoir le bon rôle. À table, le seul individu prostré était Fiona qui blêmissait à vue d'œil.

— Mange ma puce, ça va être froid !

Ne pas manger la nourriture si gracieusement offerte pouvait donner lieu à une punition sévère, alors Fiona entama sa part de pizza.

— Vous, ça ne sert vraiment à rien de vous faire plaisir ! dit Berkane en allumant une cigarette.

La petite fille jeta un œil furtif vers le papa. Elle n'avait pas faim et pourtant elle mangeait. En Algérie d'où venait Berkane, certains enfants ne mangeaient pas à leur faim alors elles, les petites Françaises, elles devaient finir leurs assiettes. Le beau-père s'éclipsa avant la fin du repas. Cela lui arrivait souvent de partir en plein milieu de la journée sans détailler ses allées et venues. Cécile savait que c'était un petit délinquant, elle imaginait qu'il devait faire ce que les petits délinquants faisaient. Elle ne s'était jamais demandée si elle méritait mieux, peut-être car elle était convaincue que les filles comme elle finissaient toujours avec des gars comme lui.

À peine avait-il fermé la porte derrière lui que Fiona s'agita. Elle tenta de prononcer quelques mots, bégaya, puis fondit en larmes sur les genoux de sa mère. C'était une de ces crises de larmes qui arrivaient toujours en l'absence de Berkane. La petite fille s'époumonait, la bouche ouverte en attente de réconfort. Ce jour-là, il semblait que des mots qu'elle n'arrivait pas à recracher étaient coincés au fond de sa gorge. Cécile prit peur :

— Enfin, parle Fiona, qu'est-ce qu'il y a ?

La petite fille traîna sa mère par la main jusqu'à la chambre qu'elle partageait avec sa petite sœur. Soudain, elle releva les couvertures encore humides de l'urine de la veille. Faire pipi au lit était la faute ultime. Berkane finirait par s'en apercevoir puisqu'il se chargeait de coucher les filles. C'était la seule chose qu'il faisait à la maison, cela lui permettait surtout de s'assurer que les blessures guérissaient bien.

— Je t'ai déjà dit qu'on pouvait essayer les couches mais tu les enlèves toujours !

La petite fille hoqueta avant de se remettre à pleurer.

— Moi, j'en ai marre de cacher tes bêtises, Fiona ! Maman a un bébé dans le ventre, elle ne peut pas tout faire !

Si elle le pouvait, Fiona aurait verrouillé sa vessie. Elle souhaitait obéir mais ne pouvait pas contrôler ce corps qui semblait sans cesse la conduire à sa perte. Elle allait encore décevoir son père…

*

Dissimulée derrière les longs rideaux du salon, la petite fille se mit à prier. Ce soir, sa mère ne la protégerait pas. À chaque pas dans le couloir, elle pensait entendre le papa qui rentrait. C'était simplement sa mère, occupée à refaire son lit. Fiona fut prise de honte. Certainement, ses petits amis de l'école ne devaient pas avoir ce problème. Son papa avait menacé de tout leur dire si elle continuait et elle était certaine qu'il le ferait un jour « pour lui apprendre la vie ».

Enfin, ce furent ses pas à lui. Il pénétra soudainement dans l'appartement dans une bourrasque, bien plus tôt qu'à son habitude. Avait-il été appelé par sa mère ?

— Qu'est-ce que tu fais encore debout ? demanda-t-il.

— Eh bah devine !

Silence, si elle ne bougeait pas, il ne pourrait pas la trouver.

— Elle est où encore, ta gosse ?

Berkane retira ses chaussures et se mit à arpenter la maison à la recherche de l'enfant. Ils connaissaient toutes ses cachettes et Fiona ne tarda pas à entendre des pas lourds venir dans sa direction. Elle n'eut pas le temps de compter jusqu'à trois, il l'avait déjà saisie par les pieds et la traînait maintenant jusqu'au canapé du salon.

— Toi, tu attends ici. T'as encore pissé au lit ? Mais t'es pas un bébé ! Et c'est ta mère qui doit se taper tout le nettoyage...

Cécile observa ce minuscule bout d'être humain tourmenté par cet homme adulte et eut un léger pincement au cœur. Berkane ne semblait pas dans son état normal, il semblait plus agité, plus excité, comme un enfant hyperactif.

— T'as encore fumé ? Je t'ai déjà dit de ne pas rentrer quand tu fumes !

— Tais-toi, c'est pas ton problème, ça !

Si elle ajoutait un mot, ce serait elle qui finirait au sol. Il la bouscula et entra dans leur chambre. Il aimait bien s'enfermer là en rentrant et ruminer. Ses ruminations rendaient toujours les situations pires qu'elles ne l'étaient réellement. Cette fois, ce fut plus rapide, il sortit de la pièce avec quelques-uns de ses outils de torture préférés. Fiona céda au désespoir et se mit à hurler. Habituellement, elle acceptait les punitions sans trop de caprices mais elle aussi avait vu cette lueur dans ses yeux.

Berkane avait déshabillé l'enfant et s'était emparé de sa ceinture. Il ne frappa pas tout de suite, il s'amusait à une sorte de course-poursuite dans la maison. C'était plus drôle de frapper après avoir joué au chat et à la souris. Il laissa l'enfant s'échapper à plusieurs reprises jusqu'à perdre totalement patience. Attrapant la petite fille par les cheveux, il plaqua son visage sur une assise du canapé. De l'autre main, il commença à lacérer le petit corps à coups de ceinture. Fiona sautillait, Fiona tentait de s'enfuir mais elle ne faisait pas le poids. Son corps était déjà noirci par les coups à divers endroits. Fiona, l'enfant multicolore.

Le lynchage dura longtemps, plus longtemps que d'habitude, sur un corps plus fragilisé que d'habitude. Toutes les règles établies étaient transgressées. Berkane frappait avec les poings, les pieds et sur le visage. Cécile restait à l'écart, essayant de se persuader que c'était pour faire son éducation. Trop lâche pour s'avouer qu'ils commettaient un crime, tous les deux.

Les voisins entendaient les cris mais c'était les problèmes du couple, pas les leurs. Personne n'alertait jamais la police dans ce petit quartier, chacun réglait ses affaires en famille. Ils savaient, tout le monde savait. Un enfant calme comme Fiona ne hurle pas sans raison. Alors que ses cris déchiraient la nuit, ils augmentaient le son de la télé puis murmuraient « ces foutus voisins... ». Énervés contre eux-mêmes d'être trop lâches pour bouger le petit doigt. À la fin, Fiona n'était plus qu'une poupée de chiffon que Cécile ramassa avec peine.

— Voilà, c'est ce qui se passe quand on gâte trop son gosse… lança Berkane comme pour minimiser la gravité de la situation.

Il disparut ensuite dans la chambre conjugale, la laissant seule avec les conséquences de ses actes.

— On ne prend pas de bain aujourd'hui, dit Cécile, tu vas dormir tout de suite, d'accord ?

Fiona fit un signe de tête comme pour acquiescer mais peut-être tremblait-elle simplement. Elle avait honte d'avoir encore mouillé ses draps. Elle serait une meilleure fille après ça, et ensuite ils l'aimeraient davantage, et alors ils n'auraient plus jamais besoin de la frapper.

*

Il était peut-être 4 ou 5 heures du matin. Cécile s'était endormie sur le canapé tout habillée. Berkane, qui s'était enfui dans la nuit, venait de rentrer, faisant le plus de bruit possible pour la réveiller. Alors qu'elle reprenait ses esprits, les évènements de la veille lui revinrent brutalement en tête. Peut-être étaient-ils allés trop loin cette fois ? Il faudrait beaucoup de vélos, de friandises et de pizzas pour rattraper cette bêtise. Elle aimait sa fille, elle en était persuadée, mais elle ne savait pas comment être une mère normale.

Devant elle, Berkane, qui semblait être revenu dans son état normal, faisait les cent pas. Ils se regardaient en silence et ne disaient rien, honteux :

— T'as vérifié l'état de la gosse ?

— Bah... Quand je l'ai laissée hier soir, elle dormait, pourquoi ?

— Elle ne bouge pas, va voir, dit-il en faisant un léger mouvement de la tête.

— Quoi ?

— Elle a vomi partout, il faut nettoyer ça.

Il parlait bas, avec moins d'assurance que d'habitude. C'était étrange.

Cécile se mit en position assise, le bébé dans son ventre gigotait. Saurait-elle prendre soin d'un autre être humain, elle qui s'occupait déjà de trois enfants ? Elle se leva avec peine puis se dirigea vers la chambre de ses filles, pensant au fait que nettoyer du vomi était encore plus fastidieux que nettoyer de l'urine.

Cécile appuya sur l'interrupteur, à l'odeur dans la chambre, elle comprit que quelque chose n'allait pas. Ça sentait la maladie, les médicaments, comme dans une maison de retraite. Elle avait déjà vu des cadavres dans les films à la télévision. Fiona ressemblait à un cadavre. La jeune mère secoua l'enfant qui ne réagit pas, son corps n'émettait plus aucune chaleur.

— On doit l'emmener à l'hôpital, Berkane, je ne rigole pas !

Il sourit, d'un sourire moqueur et méprisant.

— Si on l'emmène à l'hosto, ils vont nous retirer Éva et le petit quand il sera né, c'est ce que tu veux ?

Ce n'était pas ce qu'elle voulait mais pourtant elle pleurait. Elle n'était pas la meilleure des mères mais elle ne voulait pas être complice d'un crime.

— Arrête de chialer, toi ! On va trouver une solution !

— Quelle solution ? Elle est morte ! hurla la jeune femme, désespérée.

Ensuite, elle s'allongea dans ce lit près du corps glacé de l'enfant, fixant le vide comme si elle avait vu un fantôme. C'était une criminelle. Son changement de statut lui importait peut-être plus que la mort prématurée de sa fille. La tête dans les mains, le beau-père réfléchissait, il était incapable de se concentrer sur une idée en particulier. Étrangement, c'est Cécile qui apporta l'élément de résolution.

— Je sais ! hurla-t-elle entre deux sanglots. On dira qu'elle a disparu… qu'elle a été enlevée. Ça arrive tous les jours, non, les enlèvements ?

Berkane leva un regard incrédule en direction de sa compagne.

— N'importe quoi, personne ne te croira.

Le 12 mai 2013, Cécile Bourgeon déclare la disparition de sa petite fille Fiona. L'enfant aurait disparu dans un parc de Clermont-Ferrand où elle vivait avec sa mère, sa sœur cadette et son beau-père.

La France découvre avec émotion le portrait de cette jeune mère éplorée. Lors de l'enquête pourtant, des failles évidentes apparaissent. Les versions de Cécile et de son compagnon sont bancales.

Face à des preuves irréfutables, Cécile finira par avouer le meurtre et la maltraitance quotidienne que subissait sa fille avant son décès.

Le 16 décembre 2020, Cécile Bourgeon est condamnée à vingt ans de prison et Berkane Makhlouf à dix-huit ans de prison.

Remerciements

Pour conclure cet ouvrage, je tiens à envoyer mes remerciements les plus sincères à toutes les personnes chères à mon cœur qui m'ont accompagnée dans la rédaction du manuscrit.

Je tiens particulièrement à remercier Élodie Bourdon et Mélissa Lagrange pour leur assistance et leur enthousiasme. Elles ont su m'aiguiller avec bienveillance dans cette première expérience d'écriture et c'était inestimable.

Enfin, un grand merci aux éditions Larousse d'avoir donné du crédit à ce projet et d'avoir fait confiance à ma plume.

Table

Composition et mise en pages
Nord Compo à Villeneuve-d'Ascq

PAPIER À BASE DE FIBRES CERTIFIÉES

LAROUSSE s'engage pour l'environnement en réduisant l'empreinte carbone de ses livres. Celle de cet exemplaire est de :
600 g éq. CO_2
Rendez-vous sur www.larousse-durable.fr

Achevé d'imprimer en Italie
par Grafica Veneta SPA
Dépôt légal : octobre 2021
328401/01 – 11047059 – septembre 2021